COLLECTION FOLIO

Valentine Goby

Sept jours

Gallimard

Valentine Goby est lauréate de la fondation Lagardère, bourse Jeune Écrivain 2002.

Née à Grasse en 1974, Valentine Goby y a passé toute son enfance. Après des études à Sciences-Po, elle s'investit dans l'action humanitaire à Hanoï, au Vietnam, et à Manille, aux Philippines. Parallèlement à son travail d'enseignante en lettres et à ses ateliers théâtre pour les enfants, elle publie en 2002 son premier roman, *La note sensible*, où la musique se révèle une langue ambiguë, un texte émouvant récompensé par de nombreux prix. Elle obtient la même année la mention spéciale de la bourse Écrivain de la fondation Jean-Luc Lagardère, et fait ainsi paraître, en 2003, *Sept jours*. Suivent *L'antilope blanche*, paru en 2005 et inspiré d'une histoire vraie, puis en 2007 son quatrième ouvrage, *L'échappée*, roman sur la folle errance, à partir de 1941, d'une jeune fille de seize ans prête à toutes les transgressions pour être libre. Depuis, elle a publié *Qui touche à mon corps je le tue*, *Des corps en silence*, romans dont le corps est le personnage central, et *Kinderzimmer*, récit d'une femme au sein de la pouponnière du camp de Ravensbrück en 1944, récompensé par le prix des Libraires 2014.

Sensible aux problématiques de l'enseignement de l'histoire et des lettres aux adolescents, Valentine Goby publie également de nombreux romans pour la jeunesse (dont *Manuelo de La Plaine* chez Gallimard Jeunesse, l'histoire drôle et tragique d'un petit immigré espagnol des bidonvilles de La Plaine Saint-Denis dans les années 1930). Jeune écrivain pleine de talent, Valentine Goby s'est imposée en quelques romans comme l'un des espoirs de la littérature contemporaine.

À mon âme sœur

Épilogue

Comme ils sont beaux. Mes enfants.

Ils sont assis, tous les quatre, sur le muret. Immobiles. Silencieux. La maison dans le dos. En face, la mer.

Ils regardent loin devant. Et loin derrière ; un soupir, un sourire pâle, un battement de cils. Les volets clos, les bagages posés sur le gravier, le soleil de septembre… c'est le décor d'un commencement ; d'un épilogue. L'un et l'autre peut-être.

Un homme remonte l'allée, aveuglé de lumière. Dans sa main, il tient une Bible, le livre du début et de la fin ; ou l'inverse. Il ne sait pas que les quatre ombres assises là-bas, sur le muret, ont elles aussi peuplé un vide immense.

Ébauché un monde.

En sept jours.

1er — 4e jour

C'est une petite tache sombre sur la blancheur des voiles, là-haut, dans l'angle droit de la photo. Parmi les têtes emmaillotées, le sourire d'une enfant noire au photographe. On croirait presque l'entendre rire à travers les dents écartées. Fraîcheur de ruisseau. Éclat de l'ébène sur le soyeux silence des tchadors. Avec *Nuit blanche*, Henri Desforges, 46 ans, a obtenu le Zoom d'Or.

Je regarde ma montre. Le train arrive à Antibes dans une demi-heure. Je mords dans mon sandwich SNCF. Moi aussi, je gagnerai ce foutu prix. Avant mes trente-cinq ans. Ça me laisse deux ans.

Une petite fille et tout autour, le blanc. Il me semble que c'est moi au milieu des plis de tissus. Mes yeux glissent de la photographie à mon reflet sur la vitre. Ma mémoire y dessine des carrés d'étoffes pâles. Je soupire ; les feuilles du magazine tremblent, les tchadors frémissent.

Un long frisson blanc. J'entends le rire de la petite fille noire, il plonge loin en moi, il y a très longtemps, je ne sais ni où ni quand. Un pan de tissu se soulève dans la brise, puis un autre ; il me caresse la joue.

La porte du wagon claque dans mon dos. Un courant d'air affole les pages du magazine. Les tchadors de Khartoum disparaissent, avec mes songes, sous l'arrogante poitrine des publicités Aubade.

— Tu es sûre, tu ne veux pas que je reste un peu ?

— Oui. Merci.

Jean tourne les talons. Je regarde la silhouette osseuse remonter l'allée, traverser la haie de cyprès puis disparaître dans la nuit.

Une valise à la main, je suis seule devant la maison vide. La journée a dû être belle. La pierre du muret est tiède sous les doigts. L'automne se fait attendre.

Rien ne semble avoir changé depuis l'été dernier. Les jarres débordent de géraniums, les platanes balancent leurs feuilles amollies de soleil. La vigne vierge court du gravier jusqu'aux tuiles, la porte de la remise bâille encore sur la pelouse. Chaque chose est à sa place, y compris l'habituel désordre des outils de jardin sur la terrasse.

Sauf les volets. Tous clos. Du jamais-vu depuis nos vacances en famille à la montagne ; dix, quinze ans ont passé peut-être, depuis ce voyage dans les Alpes ?

Maman est morte depuis un mois.

Je tourne la clé dans la serrure. Minette frotte son corps chaud contre ma jambe. Ma mère soulevait la minuscule chatte blanche et la serrait sur sa poitrine. Elle caressait le poil doux sous la gorge. La chatte plissait les yeux, le ventre gonflé d'extase. Ce soir, les côtes de Minette roulent sous mes doigts. Jean doit la nourrir comme une vieille dame.

Il fait frais dans la maison. La lune se faufile à travers les volets, imprimant au sol de fines rayures blanches. Une forme sombre file entre mes jambes. Minette bondit, toutes griffes dehors. Un choc, le bruit confus d'une dégringolade, puis le silence. Les griffes de la chatte tintent contre le carrelage. Minette traverse lentement les barreaux de lune, une souris morte fichée dans la gueule. Elle s'engouffre dans la nuit.

Je monte ma valise dans la chambre d'amis. Malgré la pénombre, on devine les contours bleus du lit et de l'armoire. Je tâtonne. Il y a des oreillers. Mariette, la femme de Jean, a sorti du linge propre. J'ouvre la fenêtre, je pousse les volets pour chasser l'odeur de poussière. Appuyée au petit balcon, je grignote le reste de mon sandwich SNCF.

C'est dans cette pièce que se trouvait l'atelier de Maman. La nuit est claire. Au-dessous de la fenêtre, j'aperçois le bac à sable, comme la neige sous la lune. Il fut longtemps notre champ de bataille. Le ronronnement de la machine à coudre descendait jusqu'à nous, mêlé de chansons, de coups de ciseaux, de bruits de chaises. Assise près de la fenêtre, Maman n'avait qu'à pencher la tête pour nous voir jouer. Certains jours, les clientes passaient à la maison. Maman les faisait monter à l'atelier, soufflait un baiser depuis le balcon et fermait la fenêtre. Je nous vois, figés dans l'instant. Matthieu, les yeux levés vers l'atelier d'où s'échappe le son diffus des voix. Xavier, accroupi, la main tendue vers les jouets de son frère. Laure, la bouche crispée dans une grimace, le dos tourné à la fenêtre. Et moi, phalanges serrées sur une poignée de sable. D'un coup, Xavier balayait les châteaux de Matthieu. J'envoyais des nuées de sable dans les yeux de Laure. Ses lèvres tremblaient mais elle ne pleurait pas. Matthieu plantait ses ongles dans le bras de son frère. Ils se faisaient la guerre du bout des doigts. Laure me dévisageait, immobile. Sa vengeance, toujours la même, tiendrait en un cri jeté dans la cour de l'école : « Orpheline ! » Les garçons se pinçaient en silence. Ma sœur me griffait des yeux. La cliente repartait, la fenêtre finissait par s'ouvrir et Maman faisait une lumineuse apparition. Elle souriait. Nous avions déjà gommé nos blessures, et reprenions nos jeux là où elle les avait laissés.

Je me penche au balcon. Désormais, qui nous surveillera ?

Je pose mon bout de sandwich sur la table. J'ai soif. Je descends l'escalier strié de lune, je sors dans le jardin. Les figues écrasées pourrissent dans l'allée. Plus bas, clignotant à travers les arbres, les fenêtres des Rossini ouvertes sur la nuit. Le gravier crisse sous mes chaussures, j'aime bien ce bruit de biscuit broyé, de pommes de pin jetées au feu, de maïs éclaté. Les feuilles de figuiers se balancent dans la brise. Leur ombre glisse au sol, sur la pointe de mes chaussures, grandes mains vides à fleur de terre. Je ferme un œil, puis l'autre ; de l'index et du pouce je rétrécis mon champ de vision. Je m'arrête ; une grenouille verte entre dans le cadre, sautille à mes pieds. Elle échappe aux doigts de l'ombre et disparaît.

J'enfonce les poings dans mes poches, je descends l'allée maculée de lune. Je passe la rangée bleue des aloès. Je frappe à la porte de la maisonnette. Mariette ouvre et m'embrasse.

— Bonsoir, Mariette. Tu n'aurais pas une bière ?

— Entre, Louise.

Deux assiettes traînent sur la table de la cuisine. Une bouteille de vin, une moitié de pomme. Je m'assois au séjour à côté de Jean, qui fume devant la télé. Ça sent le tabac et la terre. Jean tourne la tête vers moi.

— Une bretelle d'autoroute sous les remparts de Saint-Paul-de-Vence ! Quels couillons…

Mariette pose un verre et une bouteille fraîche sur la table basse. Elle chuchote :

— Tu n'as pas faim ?

— Merci, j'ai mangé un sandwich.

— Bon.

Bruits de vaisselle et d'eau dans la cuisine, commentaires des journalistes à la télévision. Jean rallume sa pipe.

— Je peux dormir ici ?

— Sûr que tu peux.

Mariette monte se coucher. Je l'entends gravir l'escalier marche après marche, appuyée sur son genou valide. Jean se déplie. Il bâille.

— Très bien, Louise, ton reportage sur les bélugas du Saint-Laurent. Combien d'heures sur l'eau ?

— Des jours entiers.

— Froid ?

Je souris.

— Glacial.

Un soupir soulève les côtes de Jean sous la chemise.

— Tu as encore maigri.

— C'est ce foutu chat. Il ne me nourrit pas assez. Allez. À demain, Louise.

— À demain.

Je m'éveille dans un frisson. La télévision rediffuse l'émission du soir, un soleil vert pâle traverse la bouteille de bière. Il y a eu un soir, puis un matin. C'est mon deuxième jour ici. Je rejoins péniblement la petite chambre du premier étage, et je m'écroule sur le lit.

Un hurlement de femme fend mon sommeil. Je sursaute, cherche le réveil à tâtons, peste de ne pas le trouver. D'un coup, Mylène Farmer est réduite au silence. Une portière de voiture claque. La voix de ma sœur me ramène chez Jean. Je retombe sur l'oreiller.

Il fait grand jour. J'ai chaud ; je détache ma ceinture, j'enlève mon pull. Je tourne la tête vers la fenêtre. D'ici, on voit presque toute la façade de la maison, ses volets clos et l'œil ouvert de la chambre d'amis, où j'ai laissé ma valise. Bastide provençale traditionnelle. 2 étages. Plein sud ; 250 m^2 de surface habitable. 6 chambres, 3 salles de bains avec toilettes séparées, salle à manger, cuisine spacieuse. 4 hectares de jardin avec piscine. Parking 2 places, remise à outils, cabanon et auvent. Excellent état. Je penche la tête. Les feuilles de platane entrent dans mon champ de vision. Une touche de verdure contre le crépi ocre. Ringard, mais parfait pour une photo d'agence immobilière.

Ça sent le café dans la cuisine. Je me sers une tasse, et je bois debout, sur le seuil de la maisonnette. En haut de l'allée, la voiture rouge de ma sœur. Sur la façade de la bastide, les volets s'ouvrent un à un. Laure apparaît et disparaît successivement à toutes les fenêtres. Lorsque chaque pièce est rendue au soleil, Laure sort sur la pelouse, un sécateur à la main, et se penche sur les massifs de fleurs. Je cogne du poing contre le mur.

— Merde, et merde !

Je jette le café au fond de l'évier.

— Tout doux, grande fille, dit Jean, la pipe entre les lèvres.

Il pose son canotier sur la table, relève ses manches piquées d'herbes sèches et se sert un verre d'eau. Je fixe la bastide.

— Regarde !

Jean boit tranquillement.

— Quoi ?

— Ma sœur ! Qu'est-ce qu'elle fait, à ton avis ?

— Elle cueille des fleurs.

Jean rince le verre, passe un chiffon sur son front luisant de sueur.

— C'est ça. Et pourquoi pas repeindre les volets tant qu'on y est, faire des confitures de mûres, sortir l'argenterie ? Hein ? Comme avant ?

— Laisse-la faire, Louise. Ça lui fait plaisir.

Ma sœur entre dans la bastide les bras chargés de roses.

SŒUR n.f. ■ **1.** Personne de sexe féminin, considérée par rapport aux autres enfants de mêmes parents. *Sœur aînée, sœur cadette* (plus fam. *grande sœur, petite sœur*). *Être frère et sœur.* ◆ loc. FAM. *Et ta sœur ?* (refus iron., incrédulité…). ◆ par ext. *Sœur de lait.* **2.** Nom donné à une femme à laquelle on est lié par une grande tendresse. « *Mon enfant, ma sœur […]* » (Baudelaire). **3.** fig. Se dit de choses apparentées (mots de genre féminin). *L'intolérance est sœur de l'ignorance.* ◆ appos. ÂME SŒUR : personne avec laquelle on a de fortes affinités sentimentales. *Trouver l'âme sœur* (rencontre amoureuse). **4.** Titre donné aux religieuses. *La sœur Claire. Au revoir, ma sœur.* ◆ loc. FAM. *BONNE SŒUR* : religieuse.

Je reste plantée là, à regarder la bastide secouer sa poussière. Ce matin, on pourrait croire qu'il ne s'est rien passé. Les pies attaquent le mastic des fenêtres, on entend le bruit des grillons sous l'herbe haute. Les courants d'air s'engouffrent par les portes. On dirait que ma mère va sortir sur l'allée de graviers, les poches pleines d'épluchures et de pain rassis. Les poules vont accourir en caquetant, picorer à ses pieds, et puis s'attarder là, dans l'ombre de son corps, quand il ne restera plus rien à manger. Je m'attendrai à voir les poules se frotter contre ses jambes à la manière de Minette, quémander une caresse et marcher sur la pointe de ses chaussures. Fidèles. Aimantes. Envoûtées comme nous tous.

Je sors dans le jardin. Quelqu'un a déplié la table et les chaises en plastique. J'ai accepté les volets poussés, les portes fermées une fois pour toutes, l'adieu des choses aux êtres. Laure, elle, fleurit la maison vide.

Je remonte l'allée. En haut, la façade frappée de soleil et de gloire rose. J'entre dans la maison. À gauche, les fenêtres grandes ouvertes du salon. Ma sœur se tient debout face au ciel, immobile, les paupières closes. Un mètre soixante-dix. Soixante kilos. Poitrine petite, hanches étroites, cambrure profonde. Jambes fines. Longs cheveux noirs où se prend la lumière. Teint mat, grain de peau serré, parfait pour les portraits et les nus.

Une petite marque blanche au front de ma sœur. Son pli d'angoisse enfin lissé, livré au soleil, gommé un moment. La bouche est entrouverte. Est-ce bien à Laure, ce visage d'enfant que je ne lui ai jamais vu ? On pourrait croire qu'elle va sourire. Je vais rester ici, sans bruit, immobile moi aussi. Surprendre ma sœur Laure en flagrante sérénité. Elle ressemble tant à Maman en cet instant. Symétrie troublante de leurs deux visages, mais aussi, pour une fois, identique douceur.

Je retrouve l'image de ma mère, debout face au soleil, sur la plage de Celhouan. Il fait frais, c'est le petit matin. J'ai cinq ans, et mon père va bientôt mourir. Il m'a levée tôt parce que c'est marée basse. Il m'emmène aux bigorneaux. Je porte son Pentax autour du cou, si noir, si lourd contre mon ventre. Nous descendons le chemin de terre jusqu'à la plage. Soudain, mon père ralentit le pas. Il s'arrête, pose un doigt sur ses lèvres, désigne la plage au loin. Entre les cabanes de bois, la silhouette de ma mère, statufiée dans le jour naissant. Nous avançons prudemment vers elle, cachés derrière les buissons. Mon père tend la main vers le Pentax, s'accroupit à côté de moi, et approche l'appareil de son visage. Il effectue la mise au point, colle le viseur contre mon œil. Il place mon index sur le déclencheur. « Appuie ! » murmure-t-il. Le diaphragme s'ouvre et se referme dans un beau bruit mat. Je viens de prendre ma première photographie. Une solitude volée à ma mère.

Devant moi, debout dans le salon, sous le rouge des ongles et des lèvres, le fard et les bijoux dorés, les vêtements moulants, les hauts talons de Laure, le spectre de ma mère. Je lui ressemble si peu ; ma peau jaune, mes yeux bridés… *Maintenant*, je suis orpheline.

Des ombres pâles dansent sur la peau de Laure. Dehors, les feuilles des arbres palpitent. Un souffle soulève une mèche de ses cheveux, un pan de voilage à la fenêtre.

Soudain je suis très petite. J'enroule un drap autour de moi. Le vent s'engouffre dans la toile. Elle gonfle comme les voiles d'un bateau. J'écarte le tissu qui ondule, un autre m'enveloppe. Ma sœur n'est pas loin, elle essaie de m'attraper et se perd avec moi dans le merveilleux dédale. C'est blanc, frais, doux. J'entends les cris de mes frères, le rire de ma mère qui étend le linge au-dessus de moi. Je lève les yeux.

Ce sont ses jambes, soudain, contre ma joue. Le soleil traverse la dentelle de sa jupe.

Un oiseau entre par la fenêtre. Le bruissement d'aile effraie ma sœur. Elle porte une main à son visage, suit l'oiseau des yeux qui s'enfuit par la porte, et m'aperçoit. Elle se redresse, le front barré de la ride familière, et s'avance vers moi.

— Tu m'as fait peur !

— Bonne route ?

— J'ai roulé de nuit. Crevant. C'est loin, Londres.

Laure noue ses cheveux.

— Tu t'es installée dans la chambre d'amis…

Elle ôte une épine de son pouce.

— Tu aurais pu prendre ta chambre.

— Ce n'est plus ma chambre depuis longtemps. Je préfère l'autre.

Je prends une cigarette.

— Ah non, Louise, pas ici.

— Comment ça ?

Ma sœur s'empourpre.

— Tu sais bien… pas dans la maison. Maman…

— Ah, épargne-moi le coup du respect des morts.

— S'il te plaît…

Je sors dans le jardin pour éviter une crise. J'allume ma cigarette. J'aspire une longue bouffée.

Laure me rejoint.

— Tu as vu Jean et Mariette ?

— Oui. Tu dormais. Je suis arrivée vers dix heures…

— Dix heures moins le quart. T'exagères un peu avec le volume de la radio.

Laure se raidit.

— C'est une heure décente pour commencer la journée.

Je fais quelques pas sur le gravier. Le ciel est superbe.

Nous descendons l'allée. Nous mettons la table en silence en attendant Mariette, et Jean qui tond la pelouse. Je lave les feuilles de salade. Laure prépare une vinaigrette. C'est toujours moi qui me penche sur l'évier, qui éclabousse les carreaux et joue avec l'eau froide. C'est encore Laure qui fait couler l'huile et le vinaigre dans les cuillers à soupe, et mesure la juste quantité d'herbes, de sel, d'échalotes et de moutarde. Laure plie les serviettes de table, je coupe le pain en tranches. Je remplis la carafe d'eau, elle arrange quelques fleurs dans une timbale.

Mariette revient du marché les bras chargés de gros légumes. Jean coupe le poulet, je pèle les pommes de terre. Laure et Mariette préparent le gratin. Mariette raconte ses vacances à Saint-Raphaël.

Jean a ouvert une bouteille de vin. Il remplit mon verre et le sien généreusement. Je me ressers plusieurs fois. Laure boit de l'eau, grignote une demi-courgette, ronge un petit bout d'os.

Elle détourne les yeux de mon assiette, pâle, sourcils froncés.

— Alors, sur quoi travailles-tu en ce moment ? lance Jean à ma sœur.

— Un spectacle pour enfants. *Aladin et la lampe merveilleuse.*

— Combien de costumes ?

Laure soupire, lasse.

— Oh, cent cinquante… Un boulot de dingue. Je travaille avec vingt couturières. Mais je t'avoue que je n'ai pas le cœur…

— Et la machine de ta mère ? demande Mariette.

Laure enfouit son visage dans la serviette. Mariette se lève, appuie sa grosse joue contre les cheveux de ma sœur.

— Je suis désolée, Laure…

L'année dernière, ma sœur a récupéré la vieille machine à coudre de Maman. Elle trônait depuis longtemps, inutile, près de la fenêtre dans la chambre d'amis.

— Tu ne sais pas coudre un bouton ! Tu n'en feras rien, Louise, n'est-ce pas ? demanda ma mère.

Je secouai la tête. Elle éclata de rire.

— C'est d'accord. Les garçons sont hors compétition, la machine à coudre est donc pour Laure, qui s'en servira tous les jours.

Ma sœur pleure. Mariette la console. Jean sauce son assiette, allume sa pipe, et me fait signe de le suivre dehors.

— Faut planter des arbres, en bas. Qu'est-ce qui te ferait plaisir ?

— Aucune idée.

— Allez, Louise, un arbre avec de belles racines. Alors ? Mirabelles, cerises ? Quoi ?

C'est l'heure engourdie de la sieste. Tiédeur d'après-midi. Corps lourds, bruits confus des insectes. Minette ronronne, enroulée sur elle-même dans le panier de mousse. Jean somnole au jardin, un chapeau de paille posé sur le front. Au premier étage de la maisonnette, Mariette est sans doute assoupie dans le moelleux des oreillers. Ma sœur, épuisée par la longue route, s'est endormie, fenêtres grandes ouvertes.

Je marche dans l'herbe haute. Je longe le bord des restanques, de petites pierres se décrochent sous mes pas. Je m'assois, les jambes dans le vide, au pied d'un aloès. Tiens. Jamais photographiés, les aloès. Superbe découpe de pointes et d'épines, reflets moirés des feuilles, explosion géométrique de la rosette. Je regarde la mer, au loin, qui se mêle au ciel. J'aurais dû prendre une photo tout à l'heure. Me retirer sur la pointe des pieds, courir chercher mon appareil et me retrouver là, devant la porte du séjour. Aussi indésirable qu'Erich Salomon derrière son paravent, au cœur des splendides salons d'un restaurant hollandais, une nuit de 1930. Câble à déclencheur silencieux. Plaques de verre ultrasensibles à la pénombre. Salomon avait pris toutes les précautions. Il avait retenu son souffle. J'aurais retenu le mien, l'œil collé au viseur. Son Ermanox de 1927. Mon Canon ébène. Une pression ferme sur le déclencheur. Salomon avait surpris le sommeil des ministres européens en pleine conférence de La Haye. J'aurais saisi ma sœur dans le soleil. Sous les traits anxieux, révélé la possible quiétude. Mis un terme au mensonge.

Je renverse mon cou vers le ciel.

Du bleu, rien que du bleu.

Bleu comme le tablier du pasteur Meyat, un après-midi éclatant d'été 1986. Il faisait frais dans la crypte de la chapelle Saint-Jean. Le pasteur avait glissé des chiffons sous la rainure des portes, scotché les battants des fenêtres, masqué les carreaux cassés. Nous étions cinq ou six adolescents, debout devant les bacs remplis d'eau, les bouteilles en vrac, les boîtes de papier-photo. Notre atelier était caché plusieurs mètres sous la terre.

Le pasteur désigna une bouteille blanche : « Cette substance révèle l'image. »

Il souleva une bouteille noire.

« Le liquide fixant. »

Il s'assit sur le coin de la table.

« Il faut d'abord verser le contenu… »

Je regardais les deux bouteilles flanquées de grosses étiquettes. *Révélateur. Fixateur.* Mes yeux glissaient de l'une à l'autre, du plastique blanc au plastique noir. Je ne distinguais vraiment que les trois premières lettres de chaque mot, prolongeant l'un infiniment : *rêverie, réversible, révolu, révolte,* butant sur l'autre avec obstination. Avec rage.

Il fit noir. Je clignais des yeux. On commençait à s'affairer autour des bassines. On prépara les bains, on déroula les films.

Je poussais mon rectangle de papier-photo au fond de l'eau. Il remontait à la surface et je recommençais. Le pasteur Meyat se pencha par-dessus mon épaule.

— Pas mal du tout, Louise.

— Vous seriez quoi, vous, monsieur ? Plutôt du genre révélateur ou du genre fixateur ?

— Tu as de drôles de questions ! Je ne suis pas sûr de pouvoir choisir…

C'était irritant, cette tendance à vouloir tout réconcilier. Cet exercice à ne rien préférer.

Je saisis une photo dans la bassine, et la suspendis au milieu de la série, sur la corde à linge. Entre une roue de vélo et le portrait d'un vieil homme, j'exposais les fesses rondes de ma cousine Joëlle. Le tissu de la jupe avait gonflé autour des hanches, à l'instant où, furieuse d'avoir été surprise, elle avait sauté au bas de l'échelle.

Révélateur. J'avais choisi.

Je me lève. Un nuage passe sur le soleil. Ils sont plusieurs qui s'effilochent vers la mer, lambeaux des cumulus accrochés aux montagnes. Un voile d'ombre au bas des collines, un frisson sur la peau. Je marche vers la maison. Un à un, les pans de nuages vont se rejoindre sur l'eau. Heure après heure, près des côtes, ils vont fomenter des orages.

Je passe devant les fenêtres du rez-de-chaussée.

— Louise !

Je sursaute.

— Viens voir ! Au salon.

J'entre dans la pièce. Laure est assise au milieu de cartons, de boîtes à chaussures, de mallettes d'osier tressé. Le contenu de l'armoire qui trône sur le palier. Dans les cheveux de ma sœur, les fleurs en tissu des premières communions. Sur ses épaules, le châle tsigane brodé par ma mère, et porté les jours de carnaval.

— Tu aurais pu m'attendre.

Le sourire de Laure s'efface. Elle baisse les yeux sur le livre qu'elle tient à la main.

— Je croyais que tu dormais. Chez Jean.

— Tu sais que je n'aime pas les siestes.

Laure pose le livre sur ses genoux. Une autre que moi aurait soufflé la poussière accrochée à ses cheveux, lissé les plis de sa robe, ajusté le châle à ses épaules. Donné un baiser, peut-être, à ses pommettes roses. Je regarde, immobile, la couronne de fleurs s'affaisser sur son front.

— S'il te plaît, murmure-t-elle, ne gâche pas tout.

— Gâcher quoi ?

Ma sœur cherche autour d'elle et, ne trouvant pas, embrasse d'un geste vague toute la pièce.

— Ça.

Je m'assieds par terre. Près de moi, quatre boîtes en carton marquées aux noms de Laure,

Louise, Matthieu et Xavier. Celle de Laure est ouverte. Elle a sorti de l'oubli les héroïnes de sa jeunesse, *Alice Parker* et *Sissi*, quelques dessins rescapés de l'enfance, et des cahiers d'école protégés de papier bleu.

Je tire vers moi la boîte marquée « Louise ». D'un coup d'ongle, je déchire le ruban de Scotch. Je pousse de l'index les volets de carton. À l'intérieur, un rectangle de lumière ; le soleil pris dans la couverture d'un livre. Je m'assois sur mes talons, je me penche au-dessus de la boîte. Une figure familière apparaît à mesure que le reflet s'estompe, à demi masquée par un bandeau de nuit. Je reconnais le visage espiègle de *Fantômette* dont j'ai en vain cherché, pendant des années, à deviner les traits. Serrée contre le livre, la tranche d'une cassette sans boîtier. Joe Cooker, Paolo Conte, les Rolling Stones peut-être.

Je me rappelle les fenêtres baissées, nos cheveux emmêlés, les vieux baffles qui grésillent. Il fait chaud. La voiture file sur l'autoroute. La voix de Maman lutte contre les tourbillons de vent et le bruit du moteur. Xavier est assis à l'avant. Il bat le rythme d'un mouvement de tête. Laure, Matthieu et moi nous serrons à l'arrière. La banquette est semée de papiers argentés. Les yeux plissés par le courant d'air, les pieds nus contre le Skaï, nous mâchons des chewings-gums à la menthe. Je gonfle des bulles molles en regardant la mer. Elles éclatent sur ma bouche en charpie blanche et collent au bout de mes doigts. Maman nous cherche dans le rétroviseur. Elle fronce le nez. Ses lunettes de soleil glissent doucement. À peine. Juste assez pour laisser voir le bleu des yeux. Maman sourit. Nous chantons tous ensemble. Faux, peut-être ; mais de concert.

Sans les arrêts à la pompe à essence, les voyages auraient été la meilleure partie des vacances. Mais il y avait ces parenthèses au bord de l'autoroute, moteur coupé, vitres montées ; Maman dehors. La chaleur s'abattait sur la tôle, la peau collait aux sièges. Ma sœur fermait les yeux, Xavier regardait au-dehors. Je me serrais contre Matthieu pour lire ou somnoler. De grosses mouches bourdonnaient contre le pare-brise. La montre de Xavier égrenait les secondes. L'odeur de l'essence pénétrait lentement, par les menus espaces creusés dans la carrosserie.

Maman revenait des bonbons plein les poches. On reprenait la route, le vent, les chansons hurlées à tue-tête par-dessus le moteur, oubliant chaque fois que viendraient, un peu plus loin, d'autres pompes à essence.

Je referme les volets de carton. Je passe ma paume sur le ruban de Scotch. Je me tourne vers ma sœur.

— Prends ce qui t'intéresse. Il y a de vieilles cassettes que tu aimais bien. Le reste, je jette.

Je vais à la cuisine. Je branche le réfrigérateur. Laure me rejoint et ouvre les placards un à un. Un peu de sel, un sachet de riz, des biscottes. Un pot de confiture de figues. Presque rien. Nous sortons.

Laure démarre la voiture. Nous descendons l'allée. J'aperçois Mariette qui pèle des légumes devant sa fenêtre. Le fait-tout doit fumer sur la gazinière. Un pot-au-feu, peut-être ? Le pot-au-feu de Mariette, plein de gros sel et de laurier. La maisonnette disparaît derrière la haie, puis c'est la route. Ce soir, je dîne à la bastide, seule avec ma sœur.

Laure se gare devant le supermarché. Nous franchissons les portes automatiques. Laure pousse le chariot et se sert machinalement. Un kilo de pommes, une salade. Une boîte d'œufs. Nous passons la fromagerie. Une femme semble nous reconnaître. Elle salue de la tête et baisse aussitôt les yeux d'un air entendu. Rayon biscuits. J'attrape du chocolat. Une vendeuse au visage familier me fait signe. Deux messieurs se retournent. « Les sœurs Doisnelles… oui, c'était leur mère. » Rayon café. Le boulanger du village. Il secoue la tête, la main sur le chariot, et ne trouve rien à dire.

Nous arrivons aux caisses. Une petite femme en blouse blanche compte des rangées de pièces jaunes. Elle nous aperçoit, lâche le rouleau de pièces. Un voile triste passe sur son visage. Elle rougit, bredouille une excuse et met en marche le tapis roulant. Les mains croisées, elle regarde approcher deux filets de sole, deux avocats, deux citrons. Elle soupire. *Oui, deux seulement.* Elle soulève un paquet, enregistre le code-barres. Elle lève les yeux, esquisse un sourire, nous enveloppe du regard. *Deux, tout de même.* Je me précipite vers les sacs plastique, Laure sort son portefeuille. La caissière se hâte. Nous payons, nous sortons, nous montons dans la voiture.

Laure allume la radio.

Pour mer du Nord : Viking, Utsire, secteur nord 2 à 3, mer peu agitée, visibilité ; Fisher, German, secteur ouest dominant 2 à 4 virant nord-ouest 3 à 4 dans l'après-midi...

Mon copain Hans doit être arrivé à Nice. Il a dû développer ses photos d'Ukraine. Une bonne bière sur le cours Saleya, en terrasse, et le reportage de Hans...

Tamise, est 4 à 5, revenant nord-est en soirée. Mer agitée à forte.

Ou d'abord, une course sur la Promenade ; le grand aller-retour du port de Nice à Saint-Laurent-du-Var. Les muscles élastiques, les poumons brûlants. Les cuisses dures. Entendre Hans répéter que je fume trop. Avaler des kilomètres de bitume, du vent plein la figure. Sentir la mer, juste à côté, qui fouette les galets certains soirs, et le sang pulsé dans mes veines. Voir les drapeaux claquer contre le ciel. Le souffle de Hans, mon souffle. Le martèlement des chaussures contre le sol. Courir plus vite, dévaler la pente qui plonge sur le port, emportée par le poids de mon corps. M'effondrer sur un ponton, dans l'odeur verte de la mer, vidée, paisible.

Pour Méditerranée, zone Provence de Saint-Raphaël à Menton : ciel dégagé la journée, ciel d'averse en soi-

rée. Phénomène important du mercredi 20 septembre : NÉANT.

Je tourne le bouton.

— Comment… comment va… William ?

Ma sœur se crispe.

— … ça va. Il a du travail, beaucoup de travail.

Je hoche la tête.

— Et… il fait quoi en ce moment ?

— Oh, plusieurs commandes… surtout *Hamlet*. Des fresques immenses. Il y a cinq changements de décor.

Laure se redresse sur le siège.

— Et toi ? Enfin… Thomas ?

— Il est au Mexique pour un documentaire. Trois semaines dans le Chiapas.

— Pour la télé ?

— C'est ça, la télé.

La voiture ralentit. L'allée s'étire dans le soleil du soir.

— J'ai faim. Pas toi ?

Laure me renvoie une moue indéchiffrable.

Ma sœur gare la voiture. Elle décroche sa ceinture, fourre les clés dans sa poche, et disparaît dans la bastide.

Je me dégourdis les jambes sur le gravier. Je me suspends à une branche de platane, je me balance au-dessus d'un sac de courses, les yeux rivés sur l'horizon. Du bleu, bientôt du rose. La même osmose entre ciel et mer, à toutes les heures de la nuit et du jour. Un paysage à peine altéré par les saisons, d'une lumière, d'une palette de couleurs à l'autre. Une nature morte. Je pense aux *Meules* de Monet, à l'ennui que m'inspirent les séries, toutes les séries. Toutes les répétitions. En trente ans, qu'est-ce qui a changé, ici ? Des poussières ont été arrachées aux montagnes. Des branches ont cassé. L'incendie a pelé deux ou trois collines, des blocs de béton ont surgi çà et là. J'ai pris quelques centimètres, gravés à l'Opinel dans le tronc du platane. L'arbre est à sa place, il a poussé aussi, et c'est à la même branche que je me suspends depuis que j'ai cinq ans. Je retombe à pieds joints sur la terre ferme, les paumes rouges. Je frotte mes mains sur mon jean, soulève le sac de provisions.

J'ai longtemps adoré cette vue. Ce qui a changé, c'est moi.

Je mets un disque de Satie. Pas de polémique, nous l'aimons, Laure et moi.

Ça sent le romarin dans la cuisine. L'eau bout sur le feu, la vapeur colle aux vitres. Laure est penchée sur la casserole. Je mets le couvert.

— Et Jane ?

Laure se brûle et souffle sur sa main.

— Oh, Jane… Elle court en tous sens. Elle ressemble beaucoup à… enfin, c'est mon portrait craché.

Laure passe le doigt sous l'eau froide. Je n'ai pas d'enfant, on ne me retournera pas la question. Je me demande quel sera le prochain sujet.

La douceur de septembre ? La grève des postes ? L'eau en ébullition se mêle aux *Gnossiennes*, aux coups secs de la lame contre la planche.

— C'est la *Gnossienne* que je préfère, lance ma sœur sans s'interrompre.

Va pour la musique.

— J'aime mieux la suivante.

— Je ne joue plus Satie de toute façon… aïe !

Laure grimace, suce la coupure à son pouce.

Plusieurs répliques d'affilée. Un dialogue. Et pas un cri encore. Pas une porte qui claque, pas une larme.

— Et puis William s'est mis à la guitare. Il déchiffre mal, mais il essaie. J'ai changé de répertoire pour qu'on puisse jouer ensemble.

J'approuve de la tête, moins épatée par les prouesses de mon beau-frère que par la conversation qui s'ébauche.

Je coupe un citron, je presse le jus dans un bol. Je cherche une phrase. Laure grimpe sur une chaise, ouvre un placard, fouille les étagères.

— Oh non ! hurle ma sœur.

Je me retourne.

Laure est couverte de farine. Un sachet en papier crevé a glissé par terre. Ma sœur cligne des yeux, les bras ballants, hébétée. J'éclate de rire. Laure éternue, soulève un nuage de farine. Elle rit un peu. Mal. La poussière blanche tombe sur le carreau. Elle fronce les sourcils.

— Tu vois, Louise. Ça, ça ne t'arriverait pas.

— Vu ce que je consacre à la cuisine, c'est probable !

Je tends à Laure un chiffon propre. Elle essuie ses paupières. Elle lève des yeux barbouillés de Rimmel, les plonge dans les miens.

— Non, Louise, dit-elle ; ça ne t'arriverait pas.

Une larme sillonne le blanc de sa joue. Elle l'efface d'un revers de main, descend de la chaise et se tient debout, face à moi. Nous sommes à taille égale.

— Comment tu fais, Louise ? Comment tu fais pour tenir ?

Mes yeux noirs, ses yeux noirs. Je cherche une réponse convenable. Des mots éclatent dans ma bouche. Je les ravale un à un.

— Je sais pas.

Laure attend. Je serre les dents.

— On est différentes, Laure. C'est pas nouveau.

Finies, les *Gnossiennes.* L'eau bouillonne fort. Le couvercle tape contre la casserole. Laure secoue la tête.

J'attrape une bouteille de whisky, deux petits verres que je remplis à ras bord.

— Qu'est-ce que tu fabriques ?

— Bois.

— Non.

Laure rejoint la gazinière.

— Bois !

— J'ai pas envie.

Je prends un verre.

— D'un coup. Comme ça.

J'avale d'un trait. Laure me dévisage. La cuiller en bois goutte sur le sol. Elle pose la cuiller, avance la main, hésite ; porte le verre à ses lèvres. Elle boit une gorgée, une deuxième, les yeux dans mes yeux. Elle renverse la tête en arrière. Elle repose le verre vide, furieuse, et souffle l'air brûlant de sa gorge. Elle se redresse.

— Maintenant, à table.

Je m'assois. Ma sœur pose le plat entre les assiettes. Je ne pique pas à la fourchette dans la casserole. Je déplie ma serviette, je sers l'eau, je coupe le pain. Je mâche. Je ne parle pas la bouche pleine.

— Bon appétit, dit ma sœur.

Je verse du whisky dans les godets. J'en pousse un vers Laure. Nous buvons. Elle goûte le poisson.

— Trop cuit. Dommage. On a beaucoup parlé… j'aurais dû surveiller la casserole.

Nous mangeons. Un autre verre de Jack Daniel's. Satie encore. C'est consensuel. *Gnossiennes, Gymnopédies, Trois Sonneries de la Rose-Croix.* Laure dit que le théâtre avant-gardiste revient à Londres, elle n'aime pas ça, c'est un calvaire pour les costumes. Je me rappelle que les comédiens, parfois, jouaient nus. Aucun intérêt pour une costumière. *Les Trois Valses distinguées du précieux dégoûté.* « *Conseillez-vous soigneusement,* ordonne Satie quelque part, *portez cela plus loin, enfouissez le son.* » La bouteille de whisky se vide lentement. Laure se détend. Elle sourit même une ou deux fois. Dans une pièce de contre-culture particulièrement déjantée, Laure a vu un comédien ivre s'en prendre à la robe en soie d'une partenaire et la mettre en morceaux, hurlant que c'était un habit bourgeois. « *Avec une légère intimité.* » Six verres, sept peut-être. Il fait chaud. *Danse de travers, Pièces froides. « Ouvrez la tête.* » C'est ça.

— Laure, il faut ouvrir la tête.

Je lui raconte l'histoire de cet opposant chinois, enfermé dans une cellule sordide, qui me désigne le mur face à lui.

— C'est ma bibliothèque. Kant et Platon, La Fontaine… Gide bien sûr, ah, c'est tellement beau. Vous savez, « La ronde des soifs étanchées » ? J'en ai la bouche sèche.

Je ne vois qu'un mur sombre constellé de moisissures.

— Je me rappelle par cœur comment ma femme range chaque livre, à la maison. Il y en a trois cent soixante-cinq exactement, classés par ordre alphabétique. Une année entière, à raison d'un par jour. Quand je m'ennuie, je les relis…

Il se frappe le front.

— … ici.

L'homme se repeigne du bout des doigts. Je me dépêche de faire la mise au point, je prends ma photo clandestine.

— N'oubliez pas : vous écrivez ce que vous voulez, mais vous dites que je vais bien.

Devant ma surprise, l'homme s'approche des barreaux.

— Mademoiselle…

Je sens son souffle sur ma bouche.

— … la joie est une discipline quotidienne.

Laure avale un fond de whisky. Elle se frotte les yeux.

— Il est givré, ton type…

J'ouvre une tablette de chocolat.

— Oh, tu m'écœures, dit Laure en bâillant. Je vais me coucher.

Laure trébuche contre la table, les murs rétrécissent autour d'elle.

— *Ouvrir la tête*, n'oublie pas.

— C'est ça…

Laure titube jusqu'à la porte, se tourne vers moi.

— Ah, oui… demain, pas après neuf heures, hein. On a du boulot.

« *Sincèrement silencieux.* » Je termine mon verre, je monte les marches molles jusqu'à mon lit. Je me déshabille. Je m'écroule. La nuit passe, le matin viendra. Ce sera le troisième jour.

Il n'est pas huit heures quand je me réveille. J'ai oublié de tirer les rideaux. Le soleil joue sur le mur, à quelques centimètres de mes yeux. Des taches jaunes et rouges sur le crépi blanc. Je voudrais dormir, remettre à plus tard la journée qui vient. La repousser, l'accélérer. Y être le moins possible. Aujourd'hui, il faut ranger les tiroirs de ma mère. Laure dit que c'est une affaire de femmes. Elle doit avoir raison. Les frères n'étant pas encore là, ce sera pour ce matin. Ma tête est lourde.

Je me retourne, je me ramasse en chien de fusil, je courbe le dos ; j'attends le sommeil. Mes muscles bataillent contre l'étroitesse du lit, le sang fourmille dans mes veines. La peau me démange. Il faudrait qu'on m'assomme. Mon corps s'étire, se lève, passe un peignoir, une paire de tennis. Il descend l'escalier. Chaque marche sautée cogne dans ma tête.

Jean frappe à la porte de la cuisine. J'ouvre. Il pose deux baguettes fraîches sur la table.

— Matthieu n'arrive pas à vous joindre.

— Matthieu ?

— Il arrive aujourd'hui.

Matthieu. Enfin.

— Quand exactement ?

— Avant le déjeuner. Allez, je te laisse.

Jean pousse la porte.

— Pas de café ?

— Mariette m'attend.

Il sort.

Ma sœur entre dans la cuisine, vêtue de noir, les cheveux lâches, des lunettes de soleil sur les yeux.

— Bonjour, Louise.

Elle traverse la pièce, très droite. Elle boit un verre d'eau, s'appuie contre l'évier, dos à moi.

— Je sais, j'ai une sale tête. Pas de commentaire.

Elle se retourne. Ses lèvres tremblent, s'étirent.

— Remarque… on fait la paire.

Elle résiste au sourire. Il s'estompe. Laure pose le verre.

— Bientôt prête ?

— Je bois mon café.
— Je t'attends là-haut.

La porte de la chambre s'ouvre sur la pénombre. Volets mi-clos, silence. Une lumière floue oscille contre les murs, le sol, le plafond.

Le couvre-lit est tendu sur les oreillers, les trois coussins bien au centre. Les livres sont serrés dans un renfoncement de mur, ordonnés des plus minces aux plus larges. Un vase nu sur la cheminée, une corbeille vide dans un angle. Le grand miroir reflète le mur d'en face. Un réveil quelque part, le pas régulier de la trotteuse. Un souffle passe la porte, brasse l'air, soulève des particules d'éther tapies dans la poussière. Presque rien. Une trace infime de l'horreur vécue dans ce lit. L'odeur se disperse.

— Bon, on commence par quoi ?

Laure pose un doigt sur ses lèvres. Elle marche, pieds nus, jusqu'à l'armoire.

— Aide-moi, chuchote-t-elle.

Nous ôtons les draps qui couvrent le bureau, la commode, la penderie. Nous sortons le linge. Les foulards, les pantalons, les pull-overs en laine, en coton, de printemps, d'automne, d'hiver. Les vestes, imperméable et coupe-vent, les chemises à manches longues et à manches courtes, les tee-shirts. Les jupes, les robes, depuis longtemps rangées dans des housses plastique. Ceintures, chaussures, chaussettes. Collants. Dessous. De grandes piles posées par terre, défaites une à une. Chaque vêtement déplié, examiné, replié. À gauche pour Mariette. À droite pour Laure. La Croix-Rouge, au centre.

Petite, j'aimais bien les pulls de ma mère, la maille tiédie par la peau en dessous. Je passais mes bras dans ses manches, contre ses bras. Avec ses jupes, Laure faisait des robes longues, les pieds flottants dans des escarpins, un collier lui tombant aux genoux. Ma mère nous confectionnait des vêtements sur mesure, et Laure a vite su se passer de son aide. Mais aujourd'hui encore, les vêtements qu'elle préfère ne sont pas les siens.

Nous attaquons les dossiers administratifs. D'énormes classeurs noirs. Devis, factures, garanties, comptes bancaires, sécurité sociale, mutuelle, assurances. Quarante ans de colonnes chiffrées. Au crédit : les recettes de *Filles à fil*, l'atelier de ma mère, depuis 1960 ; vingt-huit ans de pension ; la vente de la Peugeot. Au débit : l'achat d'un lave-vaisselle, un cercueil aux dimensions de papa, des vacances à la montagne ; les leçons de piano de Laure, ma première coupe de cheveux, l'appareil dentaire de Matthieu, ses études en Espagne ; mille cinq cents caddies de courses, mon argent de poche hebdomadaire, le mariage de Xavier. Le cadeau d'anniversaire de Jane. La prise de sang du 8 mai. La prise de sang du 22 mai. Le scanner du 28 mai. Le chèque au professeur Domiez. La chimiothérapie du 15 juin, la séance du 1er juillet, la séance du 20 juillet. La séance du 3 août. L'entrée à Cochin, le 10.

La première nuit à l'hôpital.

La deuxième nuit.

La troisième nuit.

La quatrième nuit.

La cinquième nuit, la sixième nuit, la septième nuit, la huitième nuit.

Le dernier prélèvement automatique de l'assurance-vie.

Je referme les chemises, les pochettes cartonnées. Je me lève.

— Xavier a déjà mis son nez là-dedans. Je suppose qu'il continuera.

Le tissu à la couturière, les chiffres au directeur financier. Laure approuve.

Un sifflement se fait entendre sous les fenêtres.

— Laure, Louise… Venez voir.

Nous quittons la chambre et rejoignons Jean dehors. Trois heures à genoux sur les tomettes, j'ai mal aux jambes. Jean pointe un doigt au-dessus de nos têtes. Un cil blanc glisse contre le ciel. Un parapente. La voile se cambre à mesure qu'il s'approche. Nous traversons l'oliveraie. En contrebas, la pente est douce. La voile dessine une spirale au-dessus de la clairière. Je cours, je veux le voir se poser face à moi. Sentir le choc des pieds contre le sol, l'effort des muscles tirant sur les suspentes, le soupir de la toile qui s'affaisse. Le voici, il descend. Le soleil le frappe en plein visage. Il traîne dans son sillage l'ombre de la voile, survole l'herbe rase, pieds en avant, bondit vers moi. Un instant suspendu à la verticale du ciel, le parapente bascule, et s'affale.

Je renverse Matthieu, je le pince. Il rit, m'immobilise, frotte de l'herbe dans mes cheveux. Je frappe contre sa poitrine, contre son casque rouge. Nous retombons côte à côte, essoufflés. D'après l'orphelinat de Vientiane, c'est mon aîné d'un mois. La directrice m'ayant donné à la fois son prénom et sa date de naissance, j'ai toujours mis en doute mon statut de cadette, et décidé de m'offrir un jumeau.

— Tu as sauté d'où ?

— De la roche Pérolles.

La roche Pérolles, splendide promontoire au-dessus de la plaine. Un nid d'aigle. C'était mon premier saut, j'avais vingt ans. Arrimée à Matthieu, les mains serrées sur l'appareil photo, j'ai dévalé la pente. J'attendais la chute, un courant nous a cueillis. Nous avons longé la paroi. Un souffle nous a poussés au milieu du vide. En bas, perpendiculaire à mes jambes, un paysage en deux dimensions. Vallées et collines aplaties, cours d'eau réduits à un trait scintillant sur la verdure. Une forêt de pins comme un tapis de grosse laine. Çà et là, la surface d'un toit. Les maisons écrasées sous leurs tuiles. Les Aloès, une ombre. Ce n'était pas assez haut encore, et Matthieu m'avait emmenée au mont San Peire. Vue de là-haut, la bastide se perdait tout à fait dans les cailloux. Je pouvais l'effacer du bout de ma chaussure.

Matthieu respire. Le soleil se prend dans ses cheveux en bataille. La moitié de son visage est plongée dans l'ombre. L'autre laisse voir une pommette duveteuse, sa part adolescente. La *backlight* est l'éclairage qui lui va le mieux. Il suffirait qu'il penche un peu la tête ; à peine. Le soleil taillerait dans la voûte du sourcil. Il aurait l'air d'un homme.

JUMEAU, ELLE adj. et n. ■ **1.** Se dit d'enfants nés d'un même accouchement. *Frères jumeaux, sœurs jumelles* ◆ **n.** *C'est sa jumelle. Vrais jumeaux,* provenant d'un seul œuf divisé en deux. **2.** fig. Réplique physique ou morale d'une personne. => **sosie.** « *Mon enfant, ma sœur [...]* » (Baudelaire). **3.** Se dit de deux choses semblables. *Lits jumeaux.*

— Allez Mat', debout !

Laure et Jean viennent à notre rencontre. Matthieu se lève et tend la main.

— Salut, Jean !

Matthieu se penche vers ma sœur. Le pli à son front s'est creusé. Elle reçoit son baiser les yeux rivés sur le parapente.

Jean souffle un nuage bleu.

— Un apéro ?

Matthieu sourit.

— Je range mes ailes et je vous suis.

Laure et Jean s'éloignent. Je regarde Matthieu faire glisser les suspentes jusqu'à la voile, qu'il fronce en bouchon et jette sur son épaule. Il vient vers moi, du soleil plein la toile, le casque sous le bras. Le pas et le regard tranquilles. Un portrait de plus pour ma collection. L'amour ou le sourire de ma 123e mariée, la haine ou le rictus d'un chasseur de palombes, la joie ou les yeux d'un enfant trisomique devant une glace au chocolat. Matthieu Doisnelles ou la quiétude. À suspendre de préférence, pour l'effet de contraste, face au portrait de ma sœur.

Nous remontons vers la maison. Matthieu prend ma main.

— Ça se passe comment ?

Je soupire.

— On a trié quelques cartons. Vivement qu'on en finisse.

Nous marchons en silence jusqu'à la porte. Matthieu fourre la voile dans un sac, détache la nacelle, s'étire.

Mariette ouvre la porte et embrasse mon frère.

— Tu piques, mon garçon !

On s'assoit autour de la table, j'allume une cigarette.

Mariette ôte son tablier et nous rejoint.

— Alors, Matthieu ; ça va bien là-haut, à Saint-Frioule ?

— J'ai deux nouveaux moniteurs. Plus de stages, plus d'élèves.

— Tu t'en sors, alors ?

Matthieu sourit.

— Ça va mieux.

Jean tire sur sa pipe, Laure écoute ou fait semblant. Mariette donne des nouvelles de ses fils, partis faire le tour du monde en tandem. Nous buvons.

J'écrase ma cigarette. Nous quittons la maisonnette.

— Louise ! appelle Mariette dans la distance, j'ai fait une lessive. Ça doit être sec !

La corde à linge est tendue derrière la bastide. L'herbe est tout juste coupée pour laisser le passage. Les draps pendus balaient les tiges hautes au moindre souffle. Je détache les pinces à linge une à une, je jette draps et serviettes sur mon épaule. Ils retombent avec un bruit mou.

Ma pensée flotte à nouveau. Est-ce un rêve, un souvenir ? L'herbe pique sous mes pieds. La jupe de ma mère flotte autour de moi, se balance à chacun de ses gestes. Je monte sur ses sandales, accrochée à ses jambes ; j'entends son rire, elle fait quelques pas avec moi. Je m'échappe. Je retrouve le blanc frémissant du linge, le parfum de lessive, la fraîcheur du coton. Je tourne, tourne et m'enroule dans le tissu, prisonnière d'un nuage. Il y a quelque chose, là-bas. Une ombre flotte. J'essaie de me pencher sous le drap, je ne peux pas. Une main attrape ma main, c'est la main de ma sœur.

— Louise !

Elle m'éloigne de l'ombre.

— Louise !

Laure est debout dans l'herbe, à côté de moi.

— Ça fait une minute que je te parle ! Qu'est-ce qui se passe ?

Je cligne des yeux.

— Je sais pas. Je sais pas.

Je passe la main dans mon cou. Les cervicales, peut-être. Les appareils photo pèsent lourd. Laure ôte le linge de mon épaule.

— Thomas est au téléphone. Vas-y, je m'occupe de ça.

Je marche vers la maison. Le tremblement dans la voix de Laure, l'ombre dans ses yeux ; la peur. Je reconnais la peur. Je me retourne. Elle est debout dans l'herbe, la boule de linge serrée contre son ventre. Elle me regarde. Je devrais courir au téléphone mais je marche, pas après pas. Derrière moi, ma sœur doit décrocher le linge. Sa main sur ma main tout à l'heure, la pâleur de sa peau. Un coup d'œil par-dessus mon épaule ; Laure me tourne le dos.

Lorsque je raccroche, Matthieu allume le barbecue.

— J'ai fait trois courses. Un poulet grillé pour se donner du courage ?

— Ça me va.

— Il paraît qu'on fait le grenier, cet après-midi.

— Soit.

Le poulet grille, je mets le couvert, les légumes cuisent à la vapeur. À Matthieu, la technique. À Louise, la logistique. À Laure, la diététique. En ce moment, s'il était là, Xavier taillerait les arbres. Puis se mettrait à table comme un homme, sûr de mériter son repas.

Il fait bon, nous déjeunons dehors. Je tends mon assiette. Laure me sert.

— Pas trop, merci.

— Vu ton état, les vitamines ne peuvent pas te faire de mal.

Matthieu attrape mon assiette.

— Elle a bonne mine, je trouve.

— C'est vrai qu'elle se remet bien de ses vertiges.

— Des vertiges ? Toi ?

J'avale ma bouchée de poulet.

— Je rêve, Laure, ou tu t'inquiètes pour moi ?

Ma sœur relève ses lunettes de soleil, inspire.

— Merde, Louise.

Elle mange ses légumes en silence. Matthieu m'interroge du regard. Je souris. Il sourit. Tout va bien.

Je termine mon assiette.

Nous prenons l'escalier qui monte au grenier. Matthieu devant, une lampe de poche à la main. Laure au milieu. Je ferme la marche. C'est un colimaçon étroit. On ne voit pas le plafond, chaque pas résonne. Des toiles d'araignée s'accrochent aux cheveux. La poussière est partout ; sous les semelles, dans l'air qu'on respire, collée au salpêtre des murs. Un peu plus haut, une porte fermée à double tour, avec sa grosse clé fichée dans la serrure. La clé résiste, le bois frotte contre le sol. Les portes de grenier sont faites pour rester closes.

Nous sommes sous le toit. De minuscules trous de ciel clignotent entre les tuiles, nous marchons sur un parterre d'étoiles. Matthieu ferme la porte derrière nous, donne un tour de clé à cause des courants d'air. Il promène sa lampe de poche. Nous le suivons sans bruit, le pas étouffé par une couche de polystyrène. Des piles de cartons, des cantines, des boîtes opaques s'entassent çà et là. Des formes empaquetées dans des sacs-poubelle. Un chaos refoulé dans l'ombre pèse de tout son poids sur les murs porteurs. Nous poussons les volets. Il entre un peu de jour.

Nous commençons par le fond. Meubles, bibelots, tableaux à l'histoire oubliée. De la ferraille, du bois branlant que Laure supplie de manier avec soin. Des caisses de livres moisis vidées une à une, détaillées par ma sœur sur les pages d'un carnet. Nous déplaçons, retournons, étageons les volumes. Nous changeons le désordre de place. Laure dresse l'inventaire.

Je fais une pause.

— On peut en bazarder au moins la moitié.

Laure secoue la tête.

— On ne jette rien. On attend Xavier.

Matthieu soupire.

— Enfin, Laure, même une brocante n'en voudrait pas !

— Tu trouves que ça n'a aucun intérêt ? Et alors ? D'autres y sont peut-être attachés ?

Je m'appuie au mur, j'allume une cigarette. Je souffle la fumée par la lucarne. Le ciel est blanc.

— Bon, je peux me débrouiller avec Xavier, si ça vous…

— Tout doux…

Matthieu s'assied sur une cantine.

— … il arrive quand, Xavier ?

J'explose.

— Mais qu'est-ce qu'il vient foutre là-dedans, Xavier ?!

— Louise, s'il te plaît…

— Ce soir, ou demain matin.

Les heures sont longues jusqu'à ce soir. Les yeux de Laure se promènent de Matthieu à moi.

— Vous ne comprenez pas… venez.

Laure soulève une toile plastique.

— Une table en chêne. Il lui manque un pied, on y a fixé un bout de bois. Une sorte de prothèse. Elle appartenait à l'arrière-arrière-grand-père Doisnelles. Victor Hugo et sa famille ont dîné autour, Thiers y a déjeuné.

Laure se dirige vers une caisse entrouverte.

— Un service à café. Les couleurs ont passé. Il manque une anse à deux des tasses, les dorures s'estompent. C'est tout ce qu'il reste de l'oncle Alfred, qui a brûlé avec ses biens lors de l'incendie de 1940… mais vous connaissez l'histoire.

Laure désigne une petite armoire.

— La veuve de Richard Dorme l'a offerte à Mamie pour la remercier de sa générosité.

Je me souviens vaguement de l'histoire de ce jardinier, mort d'un coup à l'âge de quarante ans. Il avait laissé derrière lui six enfants, dont ma grand-mère avait plus ou moins assumé la charge.

— Là-bas, sous les cartons, la coiffeuse un peu vermoulue. La légende dit qu'un soir, Édouard, le fiancé de tante Anne, a surgi par la fenêtre, renversant tout sur son passage. Il lui a demandé sa main. Le miroir de la coiffeuse s'est fêlé. Jusqu'à son dernier jour, Anne a refusé de le remplacer.

Il y a de quoi sourire, mais je me maîtrise. Laure se tient debout, très droite parmi les morts. Elle ouvre les sacs et les boîtes, exhume de l'oubli toutes sortes d'objets dont j'ignorais l'existence, les appelle un à un par leur nom. Elle balaie la pièce d'un faisceau de lampe.

— On ne peut pas jeter ça.

Je me rends.

— Allez, Mat', on reprend.

Heure après heure, nous nous rapprochons de la porte et des morts familiers. Je déplace des vieux jouets que des cousins n'ont jamais récupérés. Les affaires de papa ; son matériel photo dont je n'ai pas voulu et que Maman, peinée, a laissé s'user dans des cartons étiquetés *Fragile.* Il y a aussi le vieux piano de Laure, que j'ai haï d'occuper tant d'espace, du salon jusqu'à ma chambre. Je m'étais mise à la trompette, rivalisant avec ses capacités de nuisance, jusqu'à totale reddition de l'adversaire. Laure passe un doigt sur les touches. Il sonne faux. Pitoyable piano étouffé de poussière.

La liste de Laure s'allonge, meuble après meuble, bibelot après bibelot, carton après carton. J'appuie le tricycle du plus jeune fils de Xavier contre la porte. Ma sœur soupire.

— Voilà. C'est fini.

Je m'étire, Matthieu s'assied, couvert de sueur. Laure s'éloigne vers la lucarne, respire l'air du dehors. Elle enfouit son visage dans ses mains. La lumière est douce. Le dos de Laure se soulève par vagues silencieuses. Elle pleure. Je ferme les yeux. Matthieu respire à côté de moi, il se tait. C'est bon, peut-être, que quelqu'un pleure.

J'entends le grincement d'un volet que l'on tire. L'obscurité revient dans le grenier. Nous sortons, fermons la porte à double tour. Nous descendons l'escalier, marche après marche.

Ensuite, c'est le plein jour.

Il est cinq heures de l'après-midi. Xavier sera là tout à l'heure ; ou bien demain, dit Laure. Nous l'attendons. Nous attendons que, grave et pressé, il dévie quelques instants sa trajectoire pour nous rejoindre, et nous autoriser à en finir. Bientôt peut-être, demain. J'ai fumé dix cigarettes en deux heures.

Laure parcourt la maison un cahier à la main. Pièce par pièce. D'inventaire en inventaire. Je l'entends marcher au-dessus de ma tête. Elle compte les livres, les lampes, les tapis. Elle ôte les draps des meubles, les jette en boule devant les portes. La rage au ventre, j'ai rangé la remise, trié les outils de jardin avec Matthieu. Nous attendons un homme qui trouve la table mise et le repas prêt lorsqu'il rentre chez lui. Il arrivera, tout à l'heure ou bien demain, et ce sera pareil. Les petites mains auront accompli leur tâche. En décideur hors pair, Monsieur le Dir. Fi. de la Barry Warns & Mc Farley New York Bank se penchera sur le cahier de Laure. Il se promènera à travers la maison pour évaluer chaque part de patrimoine. Laure pardonnera au frère qui a lustré le nom paternel. Xavier Doisnelles est devenu la coqueluche des milieux financiers. Son nom s'étale dans les magazines, il est cité à la télévision. Les bouches les plus fortunées de la planète mâchent quotidiennement le bout froid de leur cigare, un jargon obscur, et le nom de mon frère. Xavier Doisnelles, élément de vocabulaire aussi essentiel que *cash flow, compte d'exploitation, immobilisations, capitaux propres*, et *marge nette.*

— Mat', donne-moi son numéro de portable.

— Le numéro de qui ?

— De Xavier.

— Écoute, il ne répond pas. Je l'ai appelé cinq fois ! La messagerie est pleine.

Je serre le poing.

— Mais il se fout de nous !

— Ouais. Il se fout de nous…

Je revois l'homme sec assis à mes côtés le mois dernier, sur le vol Paris-San Francisco, les yeux traînant sur ma tablette.

— Pardonnez-moi… vous vous appelez bien Doisnelles ?

— Oui…

— De la famille de Xavier ?

— Oui…

— C'est incroyable… je viens de le voir au Worldwide Financial Products Congress à Paris !

Il n'en finissait pas de s'extasier sur mon frère. J'ai tenu bon une demi-heure.

— C'était une blague.

— Quoi ?

— Xavier Doisnelles. Connais pas.

Xavier. Présence irritante ; encombrante absence.

Laure a interrompu sa séance d'inventaire. Elle a fait chauffer de l'eau. Nous buvons du thé à la cuisine. Sur la table, une pile d'albums photos classés par ma sœur.

De 1968 à 1973, l'âge de mes cinq ans, les albums se succèdent en nombre. C'est le regard de papa, le Canon au bruit mat et les pellicules noir et blanc, les tirages manuels aux cadres grossiers ; le grain rugueux, presque palpable, comme une peau. Plusieurs albums datent d'une époque antérieure à mon arrivée dans la famille. Je feuillette, page après page, la vie des autres. Je reconnais peu de personnages, à l'exception de ma future mère. Le visage de mon père, de l'autre côté de l'appareil, est invisible. Il ne figure que sur quelques photos de famille sans intérêt. De bêtes photos souvenirs.

Voici les premiers clichés de moi bébé. J'ai quelques mois, et déjà d'épais cheveux noirs. On devine encore mal mes origines. J'ai l'air de la fille de ma mère bien que, contrairement à mes frères et sœurs, je ne tète jamais son sein. Dès les premières semaines, Matthieu et moi sommes souvent photographiés ensemble. Ma mère aimait beaucoup l'un des portraits où elle nous tient tous deux de part et d'autre de sa poitrine. Nous sommes minuscules, endormis contre la peau tiède. L'expression de ma mère me trouble. Elle sourit, un bonheur affolé dans les pupilles, souffrant de ne pouvoir nous embrasser dans le même regard. Suivent des séries de dix portraits, témoins de l'infinie patience paternelle et de notre plaisir, je crois, à nous laisser observer. Matthieu, qui mange seul pour la première fois, le visage progressivement barbouillé de yaourt et fendu d'un sourire béat. Moi, qui peins des formes rondes peu à peu transformées en bonshommes. Laure qui natte, mèche à mèche, ses cheveux devant la glace. Xavier qui construit une maquette d'avion, la langue entre les lèvres. Et puis le reste de la famille.

Peu à peu, les visages deviennent familiers. Matthieu se glisse derrière moi et regarde pardessus mon épaule. *Album 1973*. Les vacances à Celhouan. La petite baraque sur la colline, la plage. Voici un portrait de mon père réalisé par moi. Le dernier portrait, le plus vrai. Je viens de prendre ma première photo, à l'insu de ma mère debout sur la plage. J'ai vu mon père pousser le levier d'armement, avant de me souffler d'appuyer sur le déclencheur. Je reproduis son geste, avec lenteur pour qu'il ne devine rien. Je me retourne d'un coup, je ris, perds l'équilibre ; il n'y a plus personne. Je viens de prendre la photo d'un buisson. Une tache grise et floue, à laquelle ma mère a trouvé une place dans l'album. Je revois papa dévaler la pente à toutes jambes en contrebas, et courir vers ma mère dans le soleil.

— Viens, Louise, viens ! Suis-moi ! crie-t-il dans la distance.

Je ne sais pas que quelques jours plus tard, il va partir pour de bon ; et qu'après sa disparition, je le suivrai en effet, l'appareil photo autour du cou. Je soulève le film plastique, je décolle le papier-photo. Ma sœur tourne la tête, me regarde, ne dit rien. Je glisse le cliché gris sous mon coude. Matthieu passe une main dans mes cheveux.

À partir de 1973, le noir et blanc cède à la couleur. La plupart des photos sont prises par ma mère, qui n'a jamais su utiliser le vieux Canon. Elle a acheté un automatique avec flash intégré, et trois positions de zoom qu'elle oublie de faire jouer. Papa photographiait les visages, les yeux, les bouches, il capturait les traces d'enfance, quelque chose qui n'appartenait qu'à chacun de nous. Sur les photos de Maman, des petits bonshommes à peine reconnaissables s'agitent dans la distance ; des corps qui grandissent, grossissent, se musclent. Maman marchait à reculons pour nous faire tous entrer dans le cadre. Exceptionnellement, elle nous demandait de nous grouper. Elle s'approchait, mais pas trop. Elle attendait qu'on se tienne par le cou ; nous savions qu'elle sourirait quand nos têtes se toucheraient. Et qu'elle ne saurait rien ni des pincements ni des coups d'ongle à la racine des cheveux. Nous avions l'air d'une famille heureuse. La faute au photographe.

Je referme l'album.

— Quelle comédie.

— Quoi ? demande Laure.

— Ces photos.

Laure n'écoute pas. Elle tourne les pages de l'album de mariage, *12 août 1961*. Maman flotte dans la dentelle, un lys sur l'oreille. Papa la serre contre lui, tellement fort que ses phalanges sont blanches. Il ne regarde pas le photographe, mais les cils de ma mère, la courbure de son nez, de ses pommettes. Ou peut-être la rondeur du ventre qui tend le tissu de la robe. Laure tient l'album ouvert sur ses cuisses. Matthieu passe l'index sur le visage de sa mère. Je me lève.

— Il est quelle heure, Mat' ?

— Huit heures.

— Dis, Laure… il compte appeler quand, Xavier ?

— Aucune idée.

Je ravale une tempête d'injures.

— Je rêve ! J'ai annulé un reportage au Botswana, renoncé à mon week-end avec Thomas, abandonné mon meilleur ami venu passer trois jours à Paris, et je me retrouve à tuer le temps en famille !

— Tu n'es pas obligée de rester.

Laure se replonge dans l'album.

Je claque la porte.

J'attends. Je fixe la poignée.

J'écoute. Je compte dix secondes. Onze. Douze.

Non ; Matthieu ne vient pas.

J'ai envie de crier. Je monte les marches quatre à quatre, je m'enferme dans la chambre. Je frappe les coussins jetés sur le lit, les coups pleuvent, écrasent la mousse qui se regonfle, se comprime sous mes poings, expulse l'air et devient dure. Crever les taies, crever la mousse, crever le matelas, faire un trou. Est-ce Laure là-dessous ? Est-ce Matthieu, est-ce Xavier ? Le sommier tremble, je sens les ressorts sous l'épaisseur de la couverture. Je frappe, et c'est en moi qu'un trou se creuse, qu'une poche se vide. Je frappe, ça monte dans la gorge, plus fort, plus vite, je frappe jusqu'à ce que ma vue se brouille. Que la douleur m'arrête. Mes doigts brûlent. Je retombe sur le lit comme une feuille morte, la bouche contre l'oreiller pour étouffer le cri.

Une lumière blanche traverse mon sommeil. J'essaie d'ouvrir les yeux. Les rideaux sont tirés. L'ampoule nue est allumée au-dessus de ma tête. Laure attend, une main posée sur la poignée de porte.

— Ton dîner est dans le frigidaire. Il suffit de le faire réchauffer.

Je me redresse, jette un œil à ma montre. Il est onze heures.

— Je vais me coucher, on se voit demain.

Laure ferme la porte derrière elle.

Je retombe sur l'oreiller. Je me demande qui de ma sœur ou de Matthieu a mis de côté une assiette pour moi. J'aimerais ne pas avoir faim.

Je descends l'escalier. Il y a de la lumière dans la cuisine. Matthieu feuillette un magazine. J'ouvre la porte du frigidaire.

— Bien dormi, Louise ?

Je pose l'assiette dans le micro-ondes.

— Bien papoté ?

Je tourne le bouton de la minuterie. La lumière s'allume. Matthieu referme le magazine et recule sa chaise.

— Sois un peu patiente… il y en a seulement pour quelques jours.

L'assiette tourne avec lenteur sur le plateau.

— C'est vrai, quoi… tu es à fleur de peau.

Je sors l'assiette du four.

— Tu n'es pas venu tout à l'heure.

— Venu où ?

— Tu sais bien. Là-haut.

Matthieu fait glisser le magazine à travers la table.

— Pour quoi faire ?

Je m'assieds. Je fixe Matthieu droit dans les yeux.

— Pour montrer de quel camp tu es.

Je mange.

— Ça aurait changé quoi ? On est tous logés à la même enseigne, tous en train d'attendre. Il n'y a pas de parti à prendre...

— Tu vois bien que Laure le protège. Et toi...

J'attrape le sel, le poivre.

— ... tu ne bronches pas.

Matthieu ferme les yeux, soupire.

— Eh, Louise, t'exagères un peu, non... ?

Je pose ma fourchette. J'ai envie qu'il me prenne dans ses bras.

— Non.

Il se lève, fait le tour de la table, s'accroupit devant moi. Il hésite, pose une main sur le bord de la chaise ; me prend dans ses bras. Ça y est, Matthieu est avec moi. À moi. Il me serre.

— Tu le sais. Il faut me donner des preuves.

Il sourit, la tête enfouie dans mes cheveux.

La nuit est passée. Le matin est venu. C'est le quatrième jour.

Lorsque j'ouvre la porte de la cuisine, Matthieu et Laure boivent déjà leur café. Ils se taisent. C'est le 7/9 sur France-Inter, la fin de la tranche info de Stéphane Paoli. La voix splendide de Stéphane Paoli. La seule, avec celle de Thomas, qui me lève le matin. Laure et Matthieu n'écoutent pas. Ils lèvent les yeux à mon entrée, chacun quelque part, loin l'un de l'autre. La voix de Stéphane Paoli me donne envie de pain grillé. Xavier n'est pas là. Patience, a dit Matthieu.

Je m'assieds à côté de mon frère.

— C'est quoi votre programme, aujourd'hui ?

— Je vais aider Jean au jardin, dit Matthieu en beurrant une tartine.

— Et toi, Laure ?

— Je ne sais pas.

Ma sœur a inventorié toute la maison. Il n'y a plus rien à faire. Laure se tourne vers moi.

— Puisque tu aimes ça... il faudrait prendre des photos.

Je n'aime pas exactement *prendre des photos.* Patience.

— Des photos de quoi ?

— Les meubles, les bijoux, les objets de valeur. On ne sait jamais, s'il arrivait un malheur.

Le conditionnel m'amuse. J'obéis. De toute façon, il faut bien que la journée passe.

Je prends les photos, suivant la liste dressée par ma sœur. Dessus, dessous, dehors, dedans ; j'explore chaque chose avec ennui, je la mets en scène une fois pour toutes. J'éprouve à peu près le même enthousiasme lorsque je réalise des portraits officiels, pour arrondir mes fins de mois. Ils veulent être figés, le regard fier, le sourire franc. *Prendre une pose,* littéralement ; une pause définitive. Vases, meubles, tableaux, boucles d'oreilles, visages d'élus immobiles pour toujours. Il ne manque qu'un canard prêt à plumer et une pomme rouge, et je pourrais dans l'heure terminer une formidable série de natures mortes. Mortes, c'est étrange. Il faudrait dire : natures *suspendues.* Ou même, des *contre-nature ;* le canard ne sera jamais plumé, le bec restera éternellement ouvert, la pomme ne pourrira pas. Organiser la survie de quelques êtres, de meubles de chêne, de boucles d'oreilles en or et de vases de Chine relève aussi de ma compétence. Cela me désespère.

Je range les pellicules dans leurs boîtes. Il fait un temps superbe, comme d'habitude. Un ciel clair au moins trois cents jours par an, un peu plus blanc l'été, un peu plus jaune l'hiver. Toujours un flot de lumière. Je suis pas à pas un rayon de soleil. Il explose contre un mur où se projette le contour d'une porte. Lignes incisives, découpage fantastique des ombres et des lumières. Je sors une pellicule noir et blanc, je colle mon œil contre le viseur. Je zoome, je penche la tête à la recherche de figures inédites. Je brise les angles des murs par des angles d'ombre, je tranche les voûtes et les plans en jouant des contrastes, j'invente des lignes de fuite. Je suis Lucien Hervé, artiste fétiche du Corbusier, qui en dépit des apparences ne photographia aucune des œuvres du grand architecte. Ni unités d'habitation, ni églises, ni Unesco, mais à travers eux, les monuments géniaux de son imagination. Je suis Lucien Hervé qui lutte contre le réel, transforme palais, monastères, abbayes cisterciennes et bastides provençales en constructions inédites au gré des rotations du soleil. Je découpe l'espace en petits morceaux, comme il découpait ses clichés aux ciseaux. Plus de chambre, plus de couloir, plus de grand escalier. Des volumes neufs s'impriment sur la pellicule. Les rayons de soleil se déplacent. L'architecture est en mouvement. Il faudrait promener Laure et Matthieu entre ombre et lumière, Xavier, le portrait de ma mère et celui de mon père, le mien, comme les visages de Fernand Léger ou Matisse sous l'œil de Lucien Hervé. Tout déconstruire. Et reconstruire.

Pas de nouvelles de Xavier. Patience, a dit Matthieu. Lors de sa première séance photo, Lucien Hervé a pris six cent cinquante clichés en une après-midi. J'en ai trois cents. J'ai terminé toutes mes pellicules noir et blanc. Il est seulement deux heures de l'après-midi.

Je descends à la cuisine, je grignote un morceau de pain. La porte est grande ouverte. Le voilage se gonfle de vent. Il fait nettement plus frais qu'hier. Ce doit être le mistral. Une sensation très douce monte le long de mes jambes, passe sur mon ventre, à hauteur de ma poitrine. La force me quitte. Je la perds comme un liquide tiède ; elle s'écoule hors de moi. La faim peut-être. Je veux porter mon pain à ma bouche mais je n'y arrive pas. Une vague de vertige m'envahit, c'est agréable. Ma vue se brouille, rongée sur les côtés par de petites formes blanches s'agglutinant les unes aux autres. Voici la corde à linge, et Laure, quelque part sous un drap, dont la main me tire vers elle. Je sais que je dois regarder par-dessous, là où j'ai aperçu l'ombre tout à l'heure. Il ne faut pas tourner la tête du côté de Laure. Mais rien de plus, cette fois. Je suis une photo, tout est immobile. Seuls les draps ondulent sous le vent. Je mords dans mon quignon de pain. Je sens sous ma paume la fraîcheur des carreaux de cuisine.

C'est le milieu de l'après-midi. Matthieu est revenu du jardin les ongles pleins de terre, les cheveux en bataille. Laure est descendue de sa chambre. Nous sommes assis autour de la table de la cuisine. Ma sœur poursuit un roman anglais, Minette sur les genoux. Matthieu et moi partageons le journal de Jean. Nous lisons à tour de rôle les pages détachées deux à deux.

Page internationale. *Jérusalem, plaie ouverte.* L'incident Sharon sur l'esplanade des Mosquées, l'Intifada réveillée. Plus bas, un bilan des Jeux Olympiques de Sydney et la colonne Économie. Pages France. Licenciements chez Moulinex, débat sur le quinquennat et encart enthousiaste sur la remontée du taux de natalité. Cahier local. À la une, l'effondrement d'un pont dans le quartier Saint-Pierre. Plus loin, *Modification du plan de circulation de la ville* pour la vingtième fois en vingt ans. Je suis du doigt la carte tracée au bas de la page ; je me souviens du rire de ma mère découvrant, chaque année ou presque, les nouveaux itinéraires. J'ai passé mes premiers mois de permis à m'engouffrer dans les sens interdits. Je parcours les rubriques

Sport et Politique, mêlées sur la même page. Des noms émergent du passé : Laurence Leberre, la prof' de danse, le vieux Pachot, directeur du club de tennis, Dominique, adjointe à la Jeunesse. Gustave Prodelle, Émile Dupuy, Nicole Serrat et les autres, tour à tour candidats, élus, maires ou conseillers, aussi loin que je me souvienne. Les enfants ont pris la relève. De temps à autre, les patronymes familiers s'affublent simplement de prénoms différents. La petite ville se transmet comme un patrimoine familial. Suivent quelques brèves culturelles. L'éternel festival de Provence, le programme hebdomadaire du Bleu Nuit, unique cinéma dans un rayon de quinze kilomètres. Enfin, le traditionnel bilan de rentrée des classes par le directeur d'école que j'ai toujours connu.

Laure fixe son livre, le regard dans le vague. Depuis une heure, elle a tourné deux pages. Ses yeux suivent les mêmes lignes et quelquefois fatiguent. Elle s'échappe.

Dernier feuillet du journal. Les jeux, l'horoscope, la météo. Je bâille. L'échiquier reste la spécialité du mystérieux Gédéon, les mots croisés celle d'Anne Silbert, qui sourit sur une petite photo en bas de page. Demain, il fera encore beau.

Je regarde ma montre : six heures. Matthieu termine sa lecture, la page dépliée devant lui. Je pose ma tête sur mes bras. Patiente ; anesthésiée. Mon corps s'engourdit. Toute mon énergie migre vers le cerveau où elle s'exerce, à force de concentration, à étouffer la moindre pulsion. Je pose le menton sur le dos de ma main. Je nous regarde, silencieux et sages depuis des heures, attentifs à maîtriser gestes, mots et pensées pendant que le temps passe.

— Mais qu'est-ce que ça change au fond, qu'il vienne ou pas ?

Laure sursaute.

— Mais enfin !… on ne peut pas décider sans lui !

— Décider de quoi exactement ?

— Mais… tout ! Comment on partage, ce qu'on partage…

— Je me contrefous de cet héritage. J'ai vécu sans, je peux continuer. S'il n'arrive pas ce soir, je me tire.

Une lumière bleue passe derrière les cyprès. Des phares s'allongent dans la nuit. Un bruit de moteur. Je me lève. Laure se lève, la chatte bondit. Laure s'approche de la porte vitrée. Une voiture passe le virage et remonte lentement l'allée. Le taxi s'arrête devant la maison, une portière claque. Une silhouette contourne la voiture et sort une valise du coffre. La voiture fait marche arrière. Les phares balaient un costume noir. Les feuilles du laurier. Le corps svelte de Christine. J'entrevois l'impeccable brushing de ma belle-sœur, son tailleur sombre, le petit sac croco qu'elle serre contre sa poitrine. La nuit les recouvre un instant. Ils reparaissent quelques pas plus loin, dans le flot de lumière de la cuisine, effroyablement assortis l'un à l'autre. Lui, la cravate juste un peu dénouée. Elle, la chemise entrouverte. L'homme s'avance à pas lents, tenant d'une main sa femme, de l'autre une valise à roulettes et un attaché-case. Les cheveux souples, les tempes nettes. Une carrure d'athlète cultivée au Gymnasium. Cet homme, c'est mon frère.

FRÈRE n.m. ■ **1.** Celui qui est né des mêmes parents que la personne considérée, ou seulement du même père ou de la même mère. => **demi-frère** ; FAM. **frangin, frérot.** *La sœur et le frère. Son frère aîné, cadet.* (FAM. *son grand, son petit frère*) => **benjamin, puîné.** ◆ *Frère de lait.* **2.** (surtout plur.) Homme considéré comme membre de la famille humaine ; fidèle d'une même religion. *Mes très chers frères, mes bien chers frères…* ◆ Appellation des membres d'ordres religieux. *Les frères des écoles chrétiennes.* **3.** Homme qui a une communauté d'origine, d'intérêts, d'idées (avec d'autres). => **ami, camarade, compagnon.** *Des frères d'armes.* ◆ appos. (avec un n.m.) *Des peuples frères.* ◆ loc. *Un faux frère* : un homme qui trahit ses amis, ses associés.

Laure ouvre en grand la porte de la cuisine. Matthieu tire une cigarette de mon paquet, l'allume maladroitement et aspire une bouffée. Il se tient en retrait, le regard fixe. J'attends.

Xavier s'approche, le gravier crisse sous ses semelles. Les biceps gonflent sous sa veste. Je repense à son poing levé, un samedi soir de fête. Descendue seule dans la rue pour fumer, j'étais devenue la proie d'un homme ivre mort. L'homme hurlait : « Fille de pute ! » et allait se jeter sur moi. Le muscle de Xavier avait surgi par miracle, s'était brusquement détendu, et l'homme était tombé comme une quille. Xavier avait fixé le visage plein de sang : « Je ne supporte pas qu'on insulte ma mère. » Ce coup-là était bien placé aussi. J'en porte encore la trace, en attendant de le lui rendre.

Laure va au-devant de Xavier, embrasse son frère puis sa femme.

— Mais qu'est-ce qui s'est passé ?

Xavier soupire, sa femme secoue la tête et baisse les yeux.

— Une histoire de fous. Nous sommes épuisés.

Je m'écarte, ils entrent. Je reçois deux baisers, Matthieu une poigne ferme et distraite. Xavier s'affale sur une chaise. Il frotte son visage, s'étire en grimaçant.

— Vous ne me croirez pas.

4ᵉ et 5ᵉ jour

Ils me regardent.

Je frotte mes yeux. Je les protège un moment sous mes paupières et mes mains jointes. Mes deux index se touchent entre les sourcils, mes pouces sont glissés sous les mâchoires. Un triangle d'ombre. Dans cet espace, je m'appartiens.

Je devine Laure debout à côté de ma chaise. Elle observe, anxieuse, mon teint pâle, ma barbe de trois jours, ma chemise froissée. Le pli à son front s'est creusé, sous l'effet des retrouvailles avec la maison, de la cohabitation forcée avec Louise et Matthieu. De l'attente. Il faut que je la rassure. À mon sujet, à propos de l'héritage et de l'amour que je lui porte. Depuis la mort de papa, je n'ai pas cessé de la soutenir.

Matthieu est au fond de la pièce. Il termine sa cigarette, le dos presque tourné. Je l'entends souffler la fumée. Depuis quelques mois il évite mon regard, craignant sans doute d'y trouver la confirmation de ses dettes envers moi. J'ai versé à Maman la moitié de mes premiers salaires et, depuis dix ans, une somme fixe mensuelle. Une majeure partie de cet argent a permis de financer, à mon insu, les fantaisies de Matthieu : une année en Espagne, un diplôme de moniteur de parapente, la création de sa petite école. Maman ne m'en a rien dit, Matthieu l'a certainement ignoré. Je n'ai fermé les yeux que pour la joie de ma mère. Matthieu ouvre peu à peu les siens.

Louise, rageuse, s'appuie à la table. Le meuble vibre, sous les coups répétés de son genou. Elle a probablement bouclé sa valise, prête à toute éventualité. Elle va demander des comptes sur mon retard, rien d'autre. Louise ne veut d'aîné en aucun domaine. Elle prétend n'avoir besoin de personne, de moi moins encore que des autres. Je suis essentiel à son amour-propre.

À ma droite enfin, Christine, qui grelotte dans son tailleur d'été. Elle passe une main nerveuse sur son cou. Le geste des grandes fatigues. Elle ne devrait pas être ici. Elle attend que je la délivre.

Dans la poche intérieure de ma veste, le téléphone portable vibre sans arrêt depuis une heure. La messagerie vocale est saturée. La banque, plusieurs clients industriels, mon chef d'équipe sans doute, ma secrétaire, l'école des enfants, les assurances… On est si bien, dans l'ombre de ses mains, les doigts serrés comme les lamelles d'un store ; à l'abri. Je sens mon souffle glisser sur mes paumes, remonter mes joues, les ailes du nez, jusqu'à mon front. Matthieu est complice de cet exil. Mon absence lui convient bien. C'est une femme qui viendra me tirer du repos. L'angoisse de Laure ? Le malaise de Christine ? La colère de Louise ?

— Xavier, les enfants…

J'ouvre les yeux. Je pose ma main sur la main de ma femme.

— Vas-y, ma chérie. Va leur téléphoner.

Christine se lève. Je la regarde se tordre la cheville avant de fermer la porte. C'est à moi.

— Je suis parti pour un congrès en Inde, la semaine dernière. Christine m'a accompagné. Nous devions rentrer il y a trois jours mais un réacteur de l'avion a pris feu, et nous avons dû nous poser en urgence au Yémen. L'appareil a été bloqué 48 heures au sol et nous avec, sans nourriture ou presque. Je passe sur les détails, les bébés en larmes, la violence de certains passagers. Infernal. Les rapports délicats entre l'Inde et le Yémen n'ont pas facilité les choses… bref, on a finalement décollé hier, et nous sommes rentrés par petites étapes jusqu'à Turin, d'où nous arrivons. Enfin, nous sommes là.

Je me lève.

— Christine partira demain. Allez, on va prendre une douche…

Je retrouve mon un mètre quatre-vingt-cinq.

— … ensuite, je vous emmène au restaurant.

Louise allume une cigarette. Elle me regarde, tire sur le filtre. Me réduit en cendres et m'expulse dans un nuage bleu.

— Il y a tout ce qu'il faut pour dîner ici.

Je suis fatigué. Fatigué du monde, fatigué de Louise. Ce soir, je ne mangerai pas des pâtes au beurre et un yaourt nature. Je veux des serveuses souriantes, Louise Doisnelles, une bouteille de saint-émilion, une viande cuite à point. Une tarte tiède et du pain craquant. Un fauteuil moelleux. De la musique douce.

— C'est pourtant plus simple, il me semble.

Je traverse la cuisine à grands pas, j'ouvre la fenêtre. La fumée de cigarette s'engouffre dans la nuit.

— Et plus cher, tranche Louise entre deux bouffées.

Matthieu passe la main dans ses cheveux.

— De toute façon, il n'y a pas grand-chose d'ouvert le dimanche soir.

Je pense au Grenier aux Épices, ses larges tables et sa cheminée de pierre. Un mesclun aux noix, un confit de canard et ses petites pommes rissolées...

— Il y a le Grenier, dis-je en me retournant.

Laure grimace en silence, prévoyant la foudre.

— Mais c'est hors de prix ! jette Louise.

— Bien entendu, je vous invite.

Une lueur panique traverse les yeux de Laure lorsque sa sœur s'approche.

— Il n'en est pas question. Je dîne ici.

— Bien. Qui vient ?

Laure toussote.

— Moi... mais pas trop tard...

— Ne t'inquiète pas, je suis épuisé. Et toi ? Matthieu ?

Il tourne la tête vers Louise, et murmure :

— Allez… ça nous fera du bien. Juste un soir, hein ?

Louise soutient un moment son regard, jette sa cigarette dans l'évier et sort en claquant la porte.

— Je viens, souffle Matthieu.

Je monte une à une les marches de l'escalier. J'entends couler la douche dans la salle de bains. Christine est soulagée, les enfants sont en forme. Laure est rassurée, Louise confortée dans sa haine, Matthieu neutralisé pour la soirée. Tout va bien. Je m'étends sur le lit, je fixe le plafond. Sept heures de sommeil en trois nuits. Je pèse très lourd, ce soir. Comme toi, Maman, sous la terre, avec le poids de l'épreuve traversée. Et il me reste du chemin à faire.

Un carton étiqueté « Xavier » est posé au pied du lit. Je fouille dans ma mallette, j'attrape mon couteau suisse. J'appuie la lame contre l'adhésif brun. Il se fend d'un coup. Sous un morceau de feutre, ma collection de *Bob Morane*, ordonnée avec soin du titre le plus ancien au titre le plus récent. Par-dessus, trois Ferrari de collection en parfait état. Au-dessous, un cadre photo. Moi, en train de smatcher sous une pluie de terre battue, bientôt médaillé d'argent au championnat de France des Universités. Je me rappelle ma honte. Je voulais l'or. J'avalais ma morve sur le podium, le torse fier. Le cœur brisé. Je ne sais que faire de ces résidus d'adolescence ; j'ai trois filles.

J'entre dans la salle de bains. Je roule en boule mes vêtements, je referme sur moi la cabine de douche. Les yeux clos, je laisse couler l'eau chaude de mon crâne à mes pieds. Je me frictionne énergiquement. La franche odeur du savon de Marseille assainit l'air, nettoie mes poumons, assèche ma peau, dissout la crasse dans les tuyaux d'évacuation. Je m'enduis les joues de mousse à raser, je fais glisser le rasoir avec douceur et précision ; je tranche chaque tête de poil. Je me rince, je me sèche à l'éponge rêche. Je brosse mes dents à la menthe extra-forte et mes ongles à l'eau savonneuse. Je m'habille de frais. De bleu. Je me peigne. Je suis prêt.

Nous prenons la voiture de Laure. Je conduis. Christine s'assied à mes côtés, à peine fardée, flottant dans un parfum de fleurs blanches. Laure et Matthieu montent à l'arrière. Nous roulons au pas.

— Arrête !

Je freine. Matthieu ouvre la portière et sort précipitamment.

— Louise ! crie-t-il à la nuit.

Je suis le regard de mon frère, par-delà les premiers oliviers. Une silhouette claire glisse au bas du jardin.

— Tu es sûre ? hurle-t-il. Tu ne veux pas venir ?

Louise laisse entre eux le silence. Matthieu fait un pas. Il se demande où elle va, il hésite à la rejoindre. Il n'ose pas me fuir. Il ne veut pas la blesser.

Si Matthieu remonte en voiture, Louise continue son chemin vers la maison de Jean. Seule. Si Matthieu la rejoint, elle pardonne à son frère la trahison de tout à l'heure. Alors demain, ce sera amour contre amour, haine contre haine.

La main de Matthieu l'arrime à la portière. Son torse est tendu vers la nuit. Le moteur tourne, patient.

— Il est tard, Matthieu.

Il fouille des yeux l'obscurité, n'y trouve rien. Un cri encore, sans réponse. Matthieu remonte, claque la porte. Trois contre un.

Au restaurant, Laure et Christine se parlent un peu, presque à voix basse. Je m'assieds face à Matthieu, à portée de mots et de regard. Le son d'un piano jazz remplit le silence. Les paupières closes, je savoure le velours d'un grand cru. Je déguste chaque bouchée de viande, je fais le plein de sang neuf. Mes papilles s'offrent une étoile au Michelin, mon cerveau le luxe du vide. Matthieu mastique. Il fait mine d'écouter la conversation des femmes, et jette un œil discret à sa montre. Le bout de sa chaussure me heurte par instants.

Fromage frais nappé d'huile d'olive et ses feuilles de basilic. Une lampée de vin suit la première bouchée. Les saveurs animales explosent sur ma langue. Matthieu repousse son assiette.

— Souhaitez-vous un dessert, messieurs dames ?

Matthieu secoue la tête. Laure et Christine déclinent la proposition. Je commande une tarte aux fruits et un café. Mon frère s'excuse, il quitte la table. J'allume un petit montecristo. J'aspire une bouffée. J'attends le miracle. Voilà, je suis détendu. Les femmes bâillent une ou deux fois, Matthieu revient s'asseoir. Je termine mon cigarillo. Je paie. Nous rentrons.

La lumière est éteinte dans la chambre de Louise. À tout hasard, je lance un « Bonne nuit tout le monde ! » avant de fermer ma porte. Je me déshabille, je m'allonge. Les draps sont froids. Le corps tiède de Christine se colle contre le mien. Comme chaque soir, elle pose la tête sur mon épaule. Je l'enveloppe de mon bras. Elle frissonne. Sous ma main, sa poitrine se soulève, régulière, tranquille. Elle s'endort.

Demain, aux Aloès, il y aura un corps par lit. Après la nuit, le matin. Cinquième jour. Tout commence.

Petite mère, si tu m'entends encore, ne reste pas. Toi que déchirait la discorde, ferme les yeux. N'écoute plus. Retire-toi doucement ; il est temps.

Laisse-nous.

Je me lève avant l'aube, le bras endolori. Christine n'a pas bougé de la nuit. Elle respire comme une enfant. Je noue mon peignoir, je descends à la cuisine, l'ordinateur sous le bras. L'écran s'allume, crépite avec la cafetière. Rituel du matin. Je m'installe à table, dossiers et mug à portée de main. Je tape le mot de passe Intranet, j'avale une gorgée de café chaud. Quatre messages du siège, dont un relatif à la dernière acquisition du groupe. Je lis, je commente, je distribue les rôles. J'attaque le compte rendu du congrès à Delhi, j'ébauche les perspectives de développement à moyen terme en Asie. « *Dear Nelly, please re-write and forward to CEO. Regards, X.D.* » J'envoie.

Je pousse le volet. Le jour pointe dans la cuisine. Six heures. Je lève les yeux vers le plafond. La fissure a progressé, mais rien d'inquiétant. Il faudra condamner la porte entre cuisine et salon, et briser la cloison entre salon et entrée. Ou bien réunir à l'américaine le salon et la cuisine en une seule grande pièce. D'une part, sans hall d'entrée, désordre probable de manteaux et semelles sales. D'autre part, sans cuisine fermée, circulation d'odeurs tenaces de nourriture dans la pièce à vivre. Donc, selon préférence : maintenir un sas minimal entre l'extérieur et l'intérieur de la maison – type vestibule ; ou percer une aération à la verticale de la gazinière, doublée d'une puissante hotte aspirante. Quoi qu'on décide, on obtient un remarquable gain de convivialité. À voir… Un second café. Le ciel devient bleu. Pépiement d'oiseaux. Un vrai jardin, la mer et la montagne à portée du regard… Christine et les enfants seront bien, ici.

Point d'avancement à ce jour : inventaires du grenier, de la maison et de la remise – achevés. Déballages des cartons personnels – faits. Tri des affaires de Maman – terminé. Étape suivante : partage équitable de la succession.

Principes de Leadership Individuel

Start with the end in mind / Sachez dès le départ où vous voulez aller. Nous avons beau être efficaces, nous ne serons constructifs que dans la mesure où nous commençons avec la conclusion en tête. [...] En commençant [...] avec en tête la conclusion recherchée, nous voyons le monde sous un autre angle.

Stephen R. Covey,
The 7 Habits
of Highly Effective People.

Objectif principal : cession de la maison à Xavier Doisnelles et sa famille.

Les travaux d'entretien représentent une somme conséquente. Réfection du toit, qui laisse entrer vent et pluie au grenier, cause d'infiltrations dans le sol et d'une facture de chauffage élevée. Isolation des chambres, en particulier celles des enfants, fraîches l'été mais glaciales en hiver. Mastiquage des fenêtres, pour les mêmes raisons, et réactivation de toutes les cheminées du rez-de-chaussée. Traitement de l'ensemble des poutres, attaquées par les termites et menaçant de se répandre en sciure. Renouvellement des papiers peints gondolés par l'humidité. Assainissement des sols et murs au contact de la nappe phréatique. Suppression des moquettes, nids d'acariens et de moisissures. Cirage des tomettes ternies et réfection des carrelages si nécessaire. Au jardin, consolidation des restanques proches de l'effondrement, reconstruction de certains murets. Pour l'esthétique, décapage et peinture des volets de toutes les fenêtres, restauration du crépi délavé. Faire pousser une vigne vierge, retrouver la maison d'enfance dont papa prenait un soin jaloux. Qui oserait de telles dépenses ? Qui s'il fallait s'endetter ? J'en ferai ma résidence principale.

Je repense à la petite maison de Laure, 70 m² à crédit dans la banlieue de Londres. Deux chambres, une cuisine ; un salon de poche, une salle de bains, un plan d'herbe. Deux heures de trajet quotidiennes pour se rendre sur son lieu de travail, et gagner de quoi rembourser les taux d'intérêt. Impossible de se payer des vacances, si ce n'est quelques jours au bord de la mer pour dégourdir les jambes de la petite, et deux séjours par an aux Aloès. Pas de quoi prendre en charge les moindres frais relatifs à la bastide. *Nota Bene : aménager une grande chambre d'amis, avec un coin pour Jane.*

Impossible de compter sur Matthieu. Ses 30 m² à Saint-Frioule sont toute sa richesse. On dit que son petit lit sert de canapé ou l'inverse, et que sa table à manger fait office de bureau. L'École de Parapente y a élu domicile, et peine à faire fructifier les capitaux que j'y ai investis malgré moi.

Quant à Louise, perpétuelle nomade, comment imaginer qu'elle accepte de placer dans l'immobilier, fût-ce pour la maison de son enfance ? *Surtout* si c'est la maison de son enfance ?

Un carreau de fenêtre se fendille lentement. Le gel de l'hiver dernier, peut-être ; une projection de graviers ? Ne pas oublier d'évaluer le montant des travaux, jusqu'au remplacement des vitres abîmées. J'attrape mon palm : *Tél. Jean Ginot et Fils pour devis grossier – prendre rdv.* Selon les vertus éprouvées de la division du travail, confier les murs aux meilleurs ouvriers, l'aménagement intérieur à un architecte, la décoration à un expert. Savoir recruter, déléguer, coordonner les compétences. Être chef de chantier.

6 h 30. Je rallume la cafetière. Je cherche un set de table. Je trouve un plateau vert et blanc. Le plateau des examens, comme disait Maman. Les petits déjeuners montés dans la chambre dès la sonnerie du réveil, pour encourager les révisions. Le pain grillé, le jus de pomme déposés sur le bureau, à côté des paquets de feuilles éparses. Les volets entrouverts parfois sur la nuit, le parfum de Maman mêlé au café. Je range le plateau. Je monte l'escalier, j'entre dans la chambre, je passe un doigt sur l'épaule nue de ma femme.

Il y a, d'une part, les contraintes matérielles de mes frère et sœurs et, d'autre part, en complément, un principe de justice. Je caresse le mur, marche après marche, je regarde le crépi blanc se détacher en plaques par endroits. Une fois prélevée la somme destinée à Matthieu, Maman affectait le solde de mes versements à l'entretien de la maison. Quels effondrements, quelles fuites évitées grâce à moi ? Depuis quinze ans, combien de tuyaux, de joints, de litres d'enduits acquis par mon travail ? Il faudrait enfin mentionner ma propre sueur, qui transpire sous le salpêtre. Les week-ends passés à touiller les pots de peinture, à s'écraser les vertèbres, le cou renversé vers le plafond. Les allergies à la poussière. Les vacances bricolo. On payait mes copains quinze francs de l'heure pour faire de même. On me doit quelque chose.

Le soleil palpite derrière un palmier. *To Do : Penser à débriefer Laurent Delaube avant ce soir + lui demander d'avancer cahier des charges projet Alcior.* Oui, un grand salon-cuisine-salle à manger, ce serait bien. La télé, dans une autre pièce, il faut éviter la présence des enfants au salon. *Nota Bene : Prévoir une salle de jeux pour les filles.*

Une voiture remonte l'allée. BX… grise… c'est bien ça. Dix minutes d'avance. Christine entre, un sac de voyage à la main. Je pose un baiser sur la tempe de ma femme.

— Ma chérie, le taxi est là.

Christine tourne sa cuiller, boit à petites gorgées.

— Embrasse les enfants.

Elle sourit.

— Reviens vite…

Christine traverse un rayon de soleil, son bas filé stoppé d'un point de colle. Elle monte en voiture. Le taxi fait marche arrière. Il est 7 h 15.

Nous voici entre Doisnelles.

Tout dort. C'est le meilleur moment de la journée. Raisonner, tandis qu'autour on rêve. Réfléchir, anticiper, s'organiser. Prendre de l'avance sur le temps des autres. Laure est quelque part avec Maman, Louise loin d'ici, peut-être avec « Souzyxe » comme elle l'appelait petite, cette mère qui ne peut pas mourir. Matthieu flotte sous le ciel de sa chambre.

Je n'aime pas dormir. Je n'ai jamais fait de grasse matinée, même après les soirs de fête. Même le sang plein d'alcool. Même malade. À seize ans, je m'imposais des nuits de cinq heures au plus. En vingt et un ans, je n'ai dérogé que deux fois à cette discipline : à la naissance de Claire, suite à trois jours de veille devant la couveuse, et lors d'une rage de dents monumentale. À dix-sept ans, je réussissais de concert le baccalauréat et le *Test of English as a Fluent Language.* À dix-neuf ans, j'entrais à l'École Centrale. Trois ans plus tard, j'en sortais major et finalement médaillé d'or en tennis. À vingt-deux ans, j'entrais à la Deutsche Bank et rencontrais ma future femme aux conférences du Louvre. Au même moment, Matthieu songeait vaguement à son premier stage de parapente. Louise frisait l'échec scolaire, et passait son temps à prendre des photos. Logée chez moi, Laure commençait l'École des Arts du Spectacle. J'avais gagné 1 095 heures annuelles sur la vie du Français moyen. De quoi aller 730 fois au cinéma, lire 273 livres d'environ 200 pages, descendre 6,5 fois plus de pistes de ski que le vacancier standard, ou progresser trois fois plus vite à la tête de mon département. Je suis le plus jeune directeur financier qu'une banque d'affaires ait connu. Ce matin, j'ajoute quelques heures d'avance à ma réserve.

La chatte se frotte contre la vitre. On lui voit les os. Cet animal doit se laisser mourir.

Laure acceptera. Vendre Les Aloès, elle ne peut y songer. Me céder la maison est le meilleur moyen de la préserver. Surtout, ma sœur me fait confiance. Elle connaît mes talents de gestionnaire. Elle est sûre d'être toujours la bienvenue ici. De son côté, Louise refuse toute autre responsabilité qu'elle-même. Mettre la maison en vente, elle a dû y penser. Me la céder, certainement pas.

Ce chat est affreux. J'entrouvre la porte, je lui jette un morceau de pain. Il suit le trajet de la mie, et tourne vers moi ses yeux jaunes. Il ne bouge pas.

Matthieu est indécis. Il aime la bastide. Il ne peut pas en supporter le poids financier. Il doit choisir ce qu'il va perdre : son pourvoyeur de fonds, ou la complicité de sa sœur. Matthieu, c'est le facteur décisif. L'élément redouté par le stratège, sa source de jouissance. La clé de la négociation ; la part d'incertitude. L'unique moyen de rallier Matthieu à coup sûr, c'est de m'associer Louise.

J'ouvre à nouveau la porte, j'appelle le chat. Il s'enfuit au son de ma voix. Le soleil cogne dans la vitre, le chat disparaît. Je détourne la tête. Je déteste cette lumière. Elle frappait la corde à linge où pendaient des draps blancs. La robe de Maman, blanche aussi. Le ruban blanc dans ses cheveux. J'avais douze ans. C'était le printemps. Jean est venu vers nous. Il s'est penché à l'oreille de ma mère. Je me souviens du blanc ; du blanc partout, insoutenable. Les filles jouaient dans le linge suspendu. D'un coup, Maman s'est effondrée. Le mouvement blanc de sa robe ramenée contre son visage. Papa est mort. J'ai tiré un drap entre Louise et Maman. Louise a continué à rire, les yeux plissés dans la lumière blanche. Elle n'a rien vu. Laure ne savait pas. Elle a senti l'urgence. Je l'ai sentie aussi. Elle a tiré sa sœur par la main. Louise pleurait, mordait la main de Laure. Laure tenait bon. Elle l'a entraînée loin au fond du jardin. Un drap s'est détaché. S'est envolé. Blanc. La couleur des morts.

Encore un café. Le soleil est ailleurs maintenant. Jean approche, un paquet sous le bras. Je ne l'ai pas salué, hier soir.

— Bonjour, Xavier.

— Tiens, Jean !

— Je me doutais que tu serais debout.

Il ouvre une boîte plastique remplie de tuiles aux amandes.

— De la part de Mariette.

— Merci. Ça va, vous deux ?

Jean sourit en coin.

— Va donc embrasser ma femme, tu lui feras plaisir… à tout à l'heure !

Jean et moi n'avons jamais su nous parler. Nous avons tondu la pelouse ensemble, ramassé les olives, biné le potager. Jean ne me tapait pas sur l'épaule, ne frottait pas mes cheveux après les travaux du jardin, ne posait pas de questions. Je ne jouais pas au fiston. On transpirait côte à côte, c'est tout. Ma mère aimait me voir près d'un homme. Travailler comme un homme, avec un autre homme.

Je suis parti étudier à Paris. Jean a vieilli. Je suis devenu plus fort. Je n'ai plus eu besoin de lui.

La porte de la cuisine s'ouvre d'un coup. Louise entre la première, suivie de Laure et Matthieu.

— Bonjour, bonjour…

Je plonge la main dans la boîte bleue. Je croque un biscuit.

Louise fronce les sourcils, une couronne d'épis dressée sur la tête, aussi causante qu'une porte blindée. Laure émerge à peine du coton de son lit, les paupières gonflées de sommeil, une douceur floue posée sur les lèvres. Matthieu traîne les pieds, trébuche contre une chaise. Il bâille derrière sa paume ouverte. Ils vont manger vite, s'adresser quelques mots peut-être pour se passer le sucre ou la cafetière, et monter le volume de la radio.

Je débranche l'ordinateur.

— On se retrouve dans une demi-heure ?

Bruits de bouche et de cuillers. Laure et Matthieu approuvent de la tête.

— Tu nous fais une présentation *Powerpoint* ? lance Louise en tranchant le pain.

C'est pas gagné.

— Bon, à tout à l'heure.

Je traverse calmement mon futur salon-salle à manger.

Nous sommes enfin assis au salon. Il est 9 h.

Règle numéro 1 : ne pas s'exprimer sans y être invité ; laisser l'autre se découvrir le plus possible.

Je me tais. Laure bégaie :

— J'ai l'inventaire… je suppose que… que nous allons faire des lots…

Matthieu promène ses doigts sur les accoudoirs.

— À moins… qu'il n'y ait autre chose… qui n'est pas sur la liste, je veux dire ? Vous voulez voir la liste ?

Je reste muet. Laure se tourne vers moi.

— Les finances de Maman… par exemple…

— Les sommes en jeu sont insignifiantes. Je vous montrerai un document de synthèse.

Laure soupire.

Règle numéro 2 : attendre qu'autrui aborde les sujets délicats. Ne pas être à l'origine des tensions.

Louise me fixe droit dans les yeux.

— Bien sûr, il y a la maison.

Elle s'installe confortablement dans le canapé.

— J'en ai parlé avec Jean, hier soir. Cette maison va coûter les yeux de la tête.

Louise déballe ses chiffres. Ils sont proches de mes calculs. Ma sœur se lève, s'appuie à la fenêtre.

— Bref, ma décision est prise. La baraque me plumerait, je cède mes parts.

C'est trop beau. Je reste impassible. Louise allume une cigarette, souffle la fumée par les naseaux. À contre-jour, ses traits s'effacent. Sur le mur blanc, un front haut, un menton fier, des reins cambrés défient l'ombre d'un hallogène. Louise n'a pas changé.

Je me rappelle cette petite scène de couloir. Louise a cinq ans. Ce jour-là, les poings serrés sur les hanches, rouge de colère et de honte, elle me regarde droit dans les yeux.

— C'est pas moi, je l'ai pas pris !

J'agite le foulard retrouvé dans son lit.

— Si.

Ses lèvres tremblent.

— C'est pas vrai !

Dans les mois qui ont suivi la mort de papa, mes vêtements ont un à un disparu de l'armoire. Ils ont réapparu progressivement, comme par miracle, entre les mains de Maman. Le tour de mon foulard préféré est venu ; j'ai décidé de n'en rien dire et de le chercher seul. Un matin, le tissu rouge a jailli entre les draps de ma sœur. Je le tenais devant elle, encore tiède du sommeil et froissé par son poing fermé.

— La prochaine fois, je t'attache avec !

Le poing de Louise a heurté mes côtes, à peine.

— Menteur !

Elle est partie en courant. Est revenue dans l'après-midi, une écharpe de Jean nouée autour du cou.

— Si Louise n'a pas les moyens, moi non plus, avance Matthieu. Et si on louait ?

Un souffle d'air traverse la pièce.

Règle numéro 3 : savoir saisir l'opportunité lorsqu'elle se présente.

— C'est une idée, oui… simplement, il faut au moins 200 000 euros de travaux, notamment au niveau de la toiture, pour pouvoir installer des locataires. Au mieux, on peut louer dans six mois ; rien n'est certain, la demande est déprimée depuis quelque temps. Nous devons donc assurer le paiement des droits de succession et avancer la somme nécessaire aux travaux sans garantie aucune. L'amortissement sera hypothétique et très progressif… disons, cinq à dix ans pour parvenir au point mort… je veux dire : pour couvrir l'investissement de départ. Louer ne rapporte pas plus que garder la maison, la seconde solution permettant néanmoins de différer un certain nombre de frais.

J'attends l'effet de mon argumentaire. Voilà : silence, soupirs. Les cerveaux luttent contre l'impasse. *Il doit y avoir une solution.* Chacun récapitule ses contraintes, celles des autres ; les sommes se mêlent, on ne se souvient plus exactement du nombre de zéros, toujours trop élevé.

— Il n'y a qu'une solution, dit Louise posément, les paupières closes sous un rayon de soleil. Vendre.

Mon auriculaire tressaille sous un coussin. Mon corps est immobile. Ma pensée en suspens. Je respire avec calme. Laure a froncé les yeux ; une secousse a traversé Matthieu. *VENDRE*. Louise siffle un air militaire, les mains accrochées aux barreaux de la fenêtre.

— Et… vendre, articule Matthieu, c'est vraiment plus facile que louer ?

Laure suit des yeux les circonvolutions du tapis. Pétales de fleurs, arabesques bleues, rubans de feuilles enroulées en longues frises. Je me redresse.

— Tu as raison, Matthieu. Le marché n'est pas porteur dans son ensemble. L'agence de Beaupré, qui s'en sort plutôt bien, a perdu 20 % de son chiffre d'affaires par rapport à l'année dernière. Nous pouvons attendre un acheteur pendant longtemps.

Un papillon entre par la fenêtre. Il frôle les cheveux de Louise. Elle ne cille pas. Laure s'égare parmi les motifs de laine cent fois répétés, Matthieu fixe le mur d'en face. Le papillon virevolte à travers la pièce et s'enfuit par une fenêtre. L'impuissance, ça rend fou. Mon frère fait craquer un à un les doigts de sa main. Ma sœur cesse de siffler et bâille.

— Tu la veux depuis longtemps, la maison ? dit-elle face au soleil.

Règle numéro 4 : en aucun cas ne perdre son sang-froid.

J'entends battre mon cœur.

Trois litres de sang affluent sous mes joues.

Une enclume s'est fichée dans mon sternum.

Depuis dix ans qu'elle essaie de me le rendre, ce coup de poing d'un samedi soir.

Les coudes posés sur le bord de la fenêtre, elle n'a même pas tourné la tête.

Les autres me regardent. J'ouvre mes bronches une à une, mes poumons se regonflent. Le sang circule dans mes veines.

— Dites-moi... suis-je le seul à tenter de sauver Les Aloès ?

Les yeux retrouvent le crépi blanc, les volutes colorées du tapis.

— Matthieu, qu'en penses-tu ?

— Je... je ne sais pas... je n'ai pas réfléchi...

— Laure ? Tu te séparerais de la maison ? Tu n'y mettrais plus les pieds ?

Mes mains tremblent, je croise mes doigts.

— Tu penses bien quelque chose ?

Louise se remet à siffler. Je m'impatiente.

— S'il te plaît, Louise... Laure, donne-nous ton avis.

Louise s'adosse au mur.

— Fous-lui la paix si elle ne veut pas répondre tout de suite !

— Je ne te parle pas. Laure...

Stratégie — « La réussite, en affaires, est moins fonction de l'exactitude des prévisions que le résultat d'une aptitude à réagir rapidement aux vrais changements, à mesure qu'ils surviennent. »

Jack Welch (General Electric)
Ma vie de patron

— Je comprends vos hésitations. Après tout, c'est la première fois que nous parlons de la maison. Je peux racheter vos parts, c'est vrai, et j'y suis prêt. Chacun y trouverait probablement son compte. Ne nous pressons pas, néanmoins ; la décision est lourde, il est légitime de réfléchir.

Je sors un mouchoir de ma poche. Je le passe sur mon front. Je rougis. C'est le mouchoir aperçu hier au-dessus d'un carton, probablement les vêtements de Maman triés par mes sœurs. Un mouchoir brodé de dentelle, jauni par le temps. Tellement fragile qu'un courant d'air aurait pu le défaire. Ma mère avait gardé les mouchoirs de sa mère, transmis par sa grand-mère et tous brodés des initiales *M.D.* Marie Doisnelles était la fille de Mireille Dubourg, elle-même née de Macha Décembre. Trois femmes dont les maris étaient morts d'un coup, avant l'âge de quarante ans. J'avais vu ce mouchoir, vu ma mère se cogner la tête en pleurant son mari, froissant le fin tissu entre ses doigts. C'étaient les mêmes gestes sans doute depuis des générations. Les larmes de Marie Doisnelles n'avaient pas d'âge. Les initiales dont elle héritait avec le sort tremblaient, blanches sur blanc, dans le coin du mouchoir. Je serais l'homme de toutes ces femmes. Son homme. J'ai pris le mouchoir au-dessus du carton, j'ai sorti tous les autres, les ai tassés au fond de ma poche. Je viens d'y essuyer ma sueur. Stupéfait, j'enfonce le mouchoir sous les coussins. Je serre le poing.

Louise referme la fenêtre.

— En tout cas, en ce qui me concerne, fait-elle d'une voix légère, j'ai tout dit.

5e et 6e jour

Nue.

Je suis nue.

Mes côtes saillent, mes seins pointent. Assise dans le canapé, j'exhibe mes angles, mes rondeurs. Mes frères me regardent, et cela me dégoûte. Un voile d'élasthanne colle à ma chair, brillant et lisse, sans raccords ; élastique et doux comme les tissus de mon corps. Pas une couture n'entaille mes bras, mon dos, mes jambes. Mon ventre tire sur cette seconde peau, gonflée d'une masse dure sous l'abdomen. Lourde. Depuis la maladie de Maman, je n'ai plus mes règles. J'ai cru, puis espéré être enceinte. Les tests sont négatifs, je n'attends pas d'enfant. Le docteur Jones dit que l'enfant que je porte, c'est moi.

Vaguement nauséeuse, je sens mon nombril poindre sans l'entrave d'un vêtement solide. Il faudrait une maille épaisse, lâche, un habit grossier par-dessus moi pour me cacher. Et en dessous, des coutures pour me contenir ; des sutures serrées d'une hanche à l'autre.

J'aimerais sentir sous mon doigt la douceur d'un fil. Le relief étroit des points cousus en lignes parallèles, d'un bout à l'autre d'un carré d'étoffe, ma page d'exercices lorsque j'étais petite. Caresser les suites appliquées de points arrière, points de croix, points d'assemblage, surfilages, et pointillés à ma façon. Retrouver la douce monotonie des motifs. Et contre le pouce, à l'envers du tissu, toucher le minuscule grain des nœuds, qui tient l'ouvrage de part en part.

Louise est sortie du salon. À ma droite, l'ombre floue de Xavier ; à ma gauche, gris et immobile, Matthieu. Je m'échappe. Je me faufile entre les volutes du tapis. Ballet de fils bleus, verts, rouges, entrelacés, estompés par endroits sous le rabot des semelles.

Avant-hier, j'ai ôté les draps qui couvraient les meubles. Des linceuls. Une blancheur douloureuse.

Dès mon arrivée, j'ai cueilli nos plus belles roses. Les abeilles bourdonnaient autour de moi. J'ai tiré les rideaux, ouvert les volets. Le soleil est entré. C'était beau, toute cette lumière bondissant dans les vitres et les miroirs. La maison redevenait familière. J'ai pensé à Jane. Doré. C'était doré comme les cheveux de Jane. J'aurais voulu la serrer dans mes bras. Le soleil a chauffé ma poitrine.

Je me suis dit que plus personne n'habiterait ta chambre, Maman, qu'aucun d'entre nous n'en aurait le courage ; que ce serait mal. Jean s'occuperait toujours du jardin, il planterait les fleurs que tu aimais. À Jane, je parlerais de toi devant des massifs parme et fuchsia.

De loin, Louise se moquait de moi. Elle se promenait dans l'herbe, une cigarette aux lèvres. Ni ici ni ailleurs. Rétive au chagrin. Pressée d'en finir. Prête à l'échappée quand je rêvais que le temps s'arrête. J'ai pensé que tout dépendait de moi. Si je le voulais, Maman, tu n'allais pas tout à fait mourir. Déjà, je sais que mes bouquets se fanent, que la poussière tombe sur le bois ciré.

J'ai froid.

Rien ne bouge. Je longe des yeux le ruban végétal. Une ligne presque droite bordée de laine rouge. Ne pas glisser, à droite ou à gauche, dans le bassin à crocodiles ; telle fut longtemps la règle du jeu lorsque je traversais, pieds nus, le tapis du salon.

Une main se pose sur mon épaule.

— Ça ne va pas ?

C'est affreux, ces doigts qui courent sur l'élasthanne. Mon estomac se contracte. Xavier retire sa main. La crampe fait monter les larmes et brouille les volutes multicolores.

Nous sommes rentrés du Grenier sans mot dire, hier soir. J'avais à peine mangé. Rien ne voulait plus ni entrer ni sortir par ma bouche. Parler avait été un tour de force. Christine, Xavier, Matthieu et moi… notre quartet improbable avait mal résisté aux silences. Arrivé aux

Aloès, chacun était monté dans sa chambre, fuyant le malaise d'un début manqué. La nuit passerait, un autre matin viendrait, et une seconde chance.

Lorsque j'ai poussé la porte de ma chambre, ma sœur se tenait debout près de la fenêtre.

— Louise, c'est toi ?

— Chhhttt..., fit-elle un doigt sur la bouche.

— Qu'est-ce qui se passe ?

Louise s'est assise sur le bord du lit.

— Appelle Matthieu.

L'impératif, mode habituel de Louise. Son économie des mots. Son horreur du superflu.

— Pourquoi ?

— J'ai dîné chez Jean. J'ai des choses à vous dire. Sois discrète.

La lune jetait une lueur bleue au front de Louise, une douceur froide.

— Bonne nuit tout le monde ! a lancé Xavier dans le couloir.

Je suis allée chercher Matthieu, qui se déshabillait. Interloqué, il a ôté ses chaussures et m'a suivie. Je me suis appuyée à la porte, une main posée sur la poignée.

— Plus près, je ne vais pas hurler.

— Un autre ton, Louise, s'il te plaît.

Je me suis approchée, Matthieu a rejoint Louise sur mon lit.

— Je serai brève : aucun de nous trois n'a les moyens d'assumer sa part de la maison. C'est donc simple : Les Aloès vont être mis en vente.

J'ai serré les doigts sur la poignée.

— Au fond, je ne vous apprends pas grand-chose. Xavier, en tout cas, fera une offre. Il veut la maison, c'est évident. À vous de décider ce que vous ferez de vos parts.

— D'où tiens-tu ça ? ai-je lancé, hébétée.

Louise s'est levée.

— De nulle part. Il attendra que vous constatiez votre impuissance et lui demandiez, peut-être, de sauver les murs. Ça peut prendre du temps, je n'en ai pas. J'accélère juste un peu les choses. Pour ma part, je ne me battrai pas.

Mes doigts moites dérapaient sur le métal. Je serrais fort. C'était ma poignée, la poignée de ma porte, la porte de ma chambre, la chambre de mon enfance, au premier étage de la maison de ma mère.

— Je vous laisse.

— Attends…

J'ai bafouillé.

— … tu es sûre ?

Ma sœur a cherché mes yeux. Elle voyait au travers. « *Ouvrir la tête,* disait-elle l'autre soir, *il faut "ouvrir la tête".* » Elle me trépanait. Un voile doux est passé sur son visage, un semblant de sourire.

— Sûre, Laure. À demain.

J'ai tourné la poignée. Je l'ai laissée sortir suivie de Matthieu. Je me suis adossée au bois brut. J'ai fermé les yeux. *Sûre.* J'ai senti contre mon omoplate le dessin gravé dans la porte, les arêtes poncées par ma mère. La sueur coulait jusqu'à mes reins. J'ai glissé au sol, les jambes pliées comme une accouchée.

Les tomettes étaient froides. J'ai pensé à une tortue sans carapace. J'ai pouffé en silence ; j'ai ri sans retenue. J'ai vu son cou, ses fesses pâles, ses pattes agitées de panique comme celles des scarabées renversés sur le dos, ou des bébés qu'on tient sous le ventre pendant qu'ils barbotent. J'ai hoqueté. La peau translucide luisait sous le soleil, parcourue d'un tissu palpitant de veines et de vaisseaux. Le sable griffait peu à peu la chair tendre, l'animal ouvrait le bec, sortait une langue râpeuse, plissait les yeux en les levant au ciel. La porte trembla un peu sous mes sanglots muets. Je me mouchai dans ma manche. Ça mourrait sans doute, une tortue toute nue.

Je frissonne. Devant moi, les arabesques du tapis tressent un réseau de veines vertes. Une chair à vif sous le regard de mes frères.

J'ai essayé d'imaginer ma chambre habitée par un autre. Un inconnu. Xavier.

La maison repeinte, les meubles changés.

D'autres voix, d'autres odeurs.

Les images défilaient sous mes paupières, distantes et douloureuses. Sans doute puisées dans cette part de moi qui, à mon insu, s'était préparée au pire. Je ne luttais pas. L'inéluctable allait venir. J'ai compris, confusément, que je ne reviendrais pas ici. Des bouts de ciment s'effritaient entre les tomettes. J'ai gratté la poudre blanche ; elle s'est incrustée sous mes ongles.

J'ai encore pensé à Jane. À tout ce que je voulais lui montrer l'année prochaine et l'année d'après, quand elle aurait trois ou quatre ans. L'âge que j'avais lorsque, dans l'atelier de couture, je grimpais sur une chaise aux côtés de ma mère, et la questionnais jusqu'à l'exaspération. Xavier jouait avec papa, on papotait entre filles. Juste elle et moi.

J'ai passé en revue tout ce qui n'aurait pas lieu. Les pèlerinages impossibles. Les mots qu'il faudrait trouver pour remplacer les choses. Je n'ai pas d'imagination ; je tremble à l'idée que Jane tienne de moi. J'ai pensé au sommeil de Louise qui ne se souciait de rien, à Matthieu qui se cachait. À Xavier, qui dormait près de sa femme. J'aurais voulu m'allonger contre quelqu'un. Willy, mon amour. J'ai croisé les bras sur ma poitrine.

Je me suis couchée sur le lit. Des chats miaulaient sous la fenêtre. Horribles sanglots de nouveau-nés dans le noir.

J'ai pensé au silence des grands voyageurs. Bouches fermées, regards qu'on croit arrogants. « Raconte ! » insistait Maman. Louise se contentait de secouer la tête. « J'arrive pas », disait-elle. Cela m'exaspérait. On reste étranger, sans doute, à ce que l'on n'a pas vécu. J'ai cherché les mots que je dirais à Jane pour raconter ce qu'elle ne verrait pas, le pays d'où je viens ; cette maison, ce jardin, ce ciel en train de disparaître. À mon tour, je n'étais pas sûre d'y parvenir.

Je caresserais ses cheveux, je chuchoterais à son oreille. Je lui dirais le bruit léger d'une boîte d'aiguilles tombant sur le sol, leur éclat minuscule entre les tomettes et sous les meubles. Nous quatre dans l'atelier, armés d'aimants, tachant d'en ramasser le plus possible. Secouer les coins du tapis pour amener vers le centre les aiguilles enfouies dans la laine. Pousser rouleaux et mèches de tissu pour ne pas en laisser une. Convoiter le petit espace entre le mur et l'armoire, d'où seul l'un d'entre nous pourrait atteindre le dessous du radiateur. Piquer une cuisse, une main au passage. Rapporter enfin à Maman les aimants couverts d'aiguilles avec des sourires d'anges. Sucer à nos doigts une goutte de sang.

Je prendrais Jane par la main, imaginerais un rectangle aux dimensions de la cuisine des Aloès. Je dessinerais la table à manger transformée en table de coupe. Xavier lisait *Bob Morane* là, au fond de la pièce ; Matthieu, Louise et moi tenions chacun les bords des patronnages posés sur le tissu, comme ceci. Ta grand-mère traçait les contours à la craie. Devinait les morphologies aux mesures de chaque pièce dessinée. Découpait une fesse, un morceau de poitrine ou de dos. Roulait ces corps en vrac dans un papier de soie, tu vois, on appelle ça une « bûche ». Les assemblait, jour après jour ; suturait les hanches au buste, le cou à la poitrine, l'endroit d'une jambe à son envers. Habillait le mannequin Stockman, ce vieux tronc que je garde à l'atelier ; le poussait devant nous, devant toi, regarde Jane ; et, surtout si c'était une robe, donne-moi ta main mon cœur, voilà… agitait doucement le tissu pour lui donner vie.

Un instant les fleurs, les tiges du tapis ondulent, dansent contre la laine. Un instant.

Dire à ma fille, un peu plus tard, mon premier baiser dans le cerisier en fleur, sur la restanque. La pulpe rouge écrasée sur ma jupe, le sucre des fruits dans ma bouche. L'échelle tremblante au-dessous. Louise et Matthieu la secouant, hurlant : « Ils s'embrassent, ils s'embrassent, c'est dégoûtant ! », et le vent portait leurs voix loin des oreilles maternelles. Dire à Jane de fermer les yeux, de s'imaginer assise sur une branche, les jambes ballantes sous un ciel de pétales roses.

Ma petite fille, je te décrirai les penderies roulantes où j'accrochais mes robes, le long des murs de ma chambre, une étiquette collée sur chaque cintre : « B.B. », « Françoise Hardy », « Jane Birkin »… Les ratés demeuraient là, aussi ; maquettes de toile inspirées par les succès de Carven, jupes à volants Chantilly que je faisais voler devant les yeux de Xavier. Mon vertige, ses bras qui me retenaient avant que je ne m'effondre sur le lit.

J'ai pensé : *Je suis un iceberg.* Je te dirai l'invisible, Jane, jusqu'à ces visages peut-être, que tu auras oubliés avec la maison et que tu pointeras sur une photographie : une femme à la peau miel, aux yeux d'amandes qui te rappellera tes dessins animés ; un homme aux cheveux hirsutes, au sourire timide, et que tu trouveras superbe. Ta tante. Ton oncle.

Je serre les genoux. Je sens l'épaisseur de la laine sous mes semelles. Je ferme les yeux ; je quitte le regard de mes frères.

Je pensais à toi, Jane, dans mon lit de jeune fille, l'estomac contracté. J'ai rassemblé les vagues souvenirs d'exercices respiratoires de la maternité. Tout était immobile. Un vent léger jouait dans la girouette, petit coq rouillé perché sur le toit, grinçant dans le noir. J'ai tendu la main, mes doigts ont effleuré le tissu mural, ses minuscules reliefs. Trois ronds de taille égale, un carré vide, reproduits par centaines d'un bout à l'autre de la pièce et du sol au plafond. Entre les petites formes, le tissu serpentait selon des courbes immuables, des boucles, des angles familiers que je reconnaissais du bout des ongles. Je respirais lentement, je gardais les yeux clos, je dessinais les contours brodés du monde, ses frontières douces. Petite, j'avais imaginé trois visages de femmes dans les sphères, sur le chemin de leur maison carrée. Et lorsque j'ouvrais ma paume, c'était tout un village qui naissait sous ma main. Ma chambre était habitée. Pas une vermoulure qui n'ait abrité un peuple troglodyte, une fissure qui n'ait logé des créatures amies. Le soir, je m'endormais le pouce dans la bouche ; et, pour ne pas être seule, une main contre le mur.

Longtemps après, la douleur s'est estompée, le sommeil est venu. Sans poids. À peine anesthésiant. Coton dans les veines, pensées confuses au seuil du rêve. Les pages des albums photos feuilletés la veille ont tourné dans l'espace. Les visages se sont détachés en gommettes rondes, ils ont virevolté, portés par un souffle capricieux. Rires, sourcils froncés, yeux éblouis, bouches étonnées, chacun prisonnier d'une sphère transparente, hermétique. Ballottés de-ci, de-là ; éclatant à la surface comme des bulles de champagne. Je les voyais monter, le nez écrasé contre la vitre de l'aquarium. Je me disais qu'il faudrait repeindre la maison de Peartown, mettre des rideaux aux fenêtres parce que nous n'en avons jamais eu et que la lumière gêne le sommeil de Willy. Poser une moquette peut-être, ou un tapis ? Quelque chose de neuf et de doux sous les pieds. Les bulles dansaient contre la vitre, la frôlaient et mouraient à l'air libre. Carreler la salle de bains… oui, c'est tout de même un minimum, et changer l'affreux lino des précédents locataires. On pourrait aussi suspendre des jardinières aux fenêtres, des fleurs, pour Jane, pour moi… quelques fleurs… peut-être…

Crampe. Les motifs du tapis me sautent au visage. Mes pupilles s'accrochent aux arabesques bleues. La nausée monte dans ma gorge. Ne pas lâcher le dessin, suivre jusqu'au bout l'entrelacs végétal. Xavier s'accroupit devant moi, m'agrippe les épaules.

— Laure ! Mais qu'est-ce que tu as ? Tu es d'une pâleur… Laure !

Depuis combien de temps suis-je assise là ?

— Laisse-moi.

Je ne parviens pas à lever les yeux.

Ce matin, j'ai entendu les pas de mon frère au-dessous de ma chambre. Il faisait nuit encore. L'idée du réveil était affreuse. Christine est passée devant ma porte, un taxi a roulé dans l'allée. Puis rien. Xavier était seul dans la cuisine ; moi, seule dans mon lit. Longtemps, tellement longtemps après, Louise et Matthieu se sont levés, claquant volets et portes de leurs chambres. Je me suis habillée, me suis coiffée devant le miroir à toute vitesse, j'ai mis du rose à mes joues. Je les ai guettés un moment sur le palier. Nous avons descendu l'escalier en silence. En bas des marches, Louise s'est tournée vers moi.

— Ça ira ?

J'ai dû rougir, tenter de bredouiller quelque chose. Elle a soulevé le battant, est entrée dans la cuisine. Un ordinateur était allumé. Xavier, enveloppé dans sa robe de chambre, croquait un biscuit. J'ai eu envie de pleurer. J'ai frotté mes yeux comme l'enfant sort du sommeil. Lorsque je les ai ouverts, rien n'avait changé. On m'a servi du café. On m'a tendu le pain. Je n'en ai pas voulu.

Nous nous sommes retrouvés au salon. Je me suis assise dans ce canapé, où je ne cesse de m'enfoncer. On entendait les oiseaux piailler sous les tuiles, deux étages plus haut. Nous étions quatre, éclatés dans les coins de la pièce, chacun absorbé par sa propre pensée. Un silence. Celui des êtres qui taisent quelque chose. Et aussi, un vide. La gêne des étrangers que l'hôte, un instant, a laissés seuls entre eux. Nous avons beau l'attendre, notre hôte ne reviendra pas. Et pourtant il flotte, quelque part, parmi nous.

« Car, lorsque deux ou trois personnes s'assemblent en mon nom, je suis au milieu d'elles. »

Évangile selon saint Matthieu,
18.20

Xavier me brusque, il attend que je parle. Les couleurs du tapis se mélangent. Je vais vomir.

— Laure !

Je cours jusqu'à la porte d'entrée, je sors, me penche sur un buisson. De la bile, rien que de la bile. J'ai déjà tout rendu. Les spasmes laissent un goût amer dans ma bouche, puisé dans mes entrailles. Il reste cela ; l'amertume.

— Tiens.

Je bois le verre que me tend Xavier. L'eau est fraîche.

— Tu veux marcher un peu ?

— Pourquoi pas.

Xavier m'offre son bras.

— Tu vas aller chez le médecin, tout à l'heure.

— Pas besoin.

Nous traversons les rangées d'aloès. Je touche la peau satinée des feuilles. Pointes bleues bordées d'épines, gorgées d'eau. Charnues et grasses. *Succulentes*, dit-on. Étranges plantes de Madagascar… hermétiques réservoirs d'eau, elles n'ont même pas besoin du ciel.

Nous gagnons la route. Nous marchons, tout droit. Les graviers crissent sous mes talons.

— Laure… les bouquets, dans la maison, c'est toi qui les as faits ?

— Oui.

— Et les draps qui couvraient les meubles, c'est bien toi qui les as enlevés ?

— Aussi.

Je détache mes cheveux.

— Cette maison, tu l'aimes autant que moi. J'ai réfléchi au plan des pièces, aux travaux nécessaires. Tu auras ta chambre, et Jane un lit avec ses cousines. Christine tient à ce que tu te sentes vraiment chez toi, tu sais qu'elle est sincère. Écoute, on a même songé à une piscine en contrebas, invisible depuis la maison, avec un petit bain pour les enfants. On plantera des cerisiers, à fleurs roses si tu veux, comme celui de la restanque. Et d'autres arbres fruitiers auxquels Jean ne pense pas. Des pommiers, tiens. Qu'est-ce que tu dis de pommiers ?

Un petit verger avec des fruits pour toutes les saisons, et un potager ; un potager pour Jane.

— On pourrait aussi t'installer un coin atelier ; pourquoi pas dans le grenier réaménagé ?

Dans le grenier, oui ; le projet de papa jamais réalisé. Devant la fenêtre carrelée du pigeonnier avec, par-dessus les platanes, vue sur l'Estérel et la mer.

— Nous ne passerons pas toutes les vacances ici, bien entendu, mais nous te laisserons la maison. Tu pourrais venir avec des amis ? Comment s'appelle-t-elle déjà... Laurel ? Celle qui a deux petits garçons ?

— Laurel, oui...

Andrew, Alex et Jane dans les cerisiers... est-ce qu'Andrew et Alex ont déjà vu un cerisier en fleur ?

— Je ne te demanderai rien ; tu sais bien.

Je sais bien.

C'est si simple. Louise l'a dit, cela s'accomplit, Xavier me tend la main. Ce pourrait ne pas être un drame. Je marche à côté de mon frère – mon *grand frère*, comme j'ai aimé le mot « grand » devant le mot « frère » ! – qui aligne son pas sur le mien. Un parfum musqué flotte autour de nous, son bras me tient. L'autre poing fermé crève la poche de son pantalon. Il est droit comme un mât. Il ne fait ni froid ni chaud. Il fait hors saison. En contrebas, les oliviers moutonnent, enveloppés d'un halo de feuilles gris-bleu. Certains troncs sont creux, si larges qu'un enfant peut s'y glisser. Petite, j'ai souvent joué à la marchande d'olives, rendant ma monnaie-noyaux dans un kiosque d'écorce. C'est curieux comme les arbres sont à l'image des gens d'ici ; petits et trapus, feuillus, fleuris.

Ce pourrait être facile.

Ne pas douter, ne rien changer. Quitter Les Aloès comme j'y suis venue. Accepter, comme toujours, l'épaule de Xavier. Laisser Matthieu et

Louise entre eux. Reprendre le cours des choses, guidée par l'habitude, les pensées familières, le besoin de confort.

Le chemin contourne l'oliveraie. La maison clignote entre les arbres. Elle disparaît. Nous marchons sans la voir, ni devant ni derrière. Chaque pas nous éloigne. L'air frais gonfle mes poumons, mon ventre, le creux de mon estomac. Je deviens bulle. Scintillante. Je tourne la tête à droite, à gauche. Des oliviers à perte de vue. Plus d'Aloès. Je marcherais longtemps, si je n'étais si faible. Le chemin me porte, je glisse sans force sur l'asphalte. Entre la bastide et moi, j'appelle les collines. Alors, le toit s'envole de ma tête. Je ne sens plus le poids des murs. Portée par un souffle, je pourrais m'envoler.

Ce pourrait être facile, oui.
Et laid.

— Xavier… et Noël ?
— Quoi Noël ?
Oliviers gris, troncs gris, route grise.
— Où est-ce que nous allons passer Noël ?
Xavier hausse les épaules.
— Ici, sûrement…
— Non, je veux dire… tous les quatre ?
— Tous les quatre ? Comment ça ?
Je cherche les mots.
— La maison… ta maison, avec tous ces travaux, les nouvelles chambres, la piscine… ils n'y viendront pas, n'est-ce pas ?

Mon frère ricane.

— Matthieu habite juste à côté et Louise, je pense, ne nous manquera pas.

Les dernières cigales frottent leurs ailes dans l'herbe haute. Quatre est un multiple de deux.

Et même, un multiple de un.

Quatre fois un égal quatre.

Quatre égale un, plus un, plus un, plus un.

Je relève mon col. Je m'écroule dans l'herbe.

— Je suis crevée… Je ne dors plus. Il faut que je te dise… après ce séjour, je ne veux plus voir la maison.

— Quoi ? Mais qu'est-ce qui te prend ?

Xavier s'assied à son tour, serre mon poignet entre ses doigts. La main chaude de mon frère. Il serre fort, me regarde fort. J'essaie de retirer ma main.

— Maman voulait que la maison vive, elle va vivre ! Que veux-tu de plus ? J'y mets toutes mes billes !

Il me lâche, souffle, frappe du poing contre le sol, s'allonge sur le dos. Je réponds, immobile :

— Tu crois que Maman parlait des murs. Je crois, moi, qu'elle parlait de nous.

J'entends l'étrange écho de mes mots dans mon oreille. Ils me pénètrent comme une roche poreuse, de la surface aux couches invisibles. Rien ne bouge. L'herbe cesse d'onduler sous la brise, les bruits se taisent. Un instant, le monde s'arrête, et l'onde sonore des mots se propage partout. Je ferme les yeux. Je souris.

L'écho meurt peu à peu. Les nuages reprennent leur course au-dessus de nous, une ombre fraîche glisse sur le sol, nous couvre, s'enfuit. Xavier s'appuie sur les coudes, passe une main sur son visage.

— Écoute… on va reprendre la discussion dans l'après-midi, le temps de réfléchir un peu.

— Si tu veux.

Xavier se lève, me tend la main. Il y met trop de force. Je pèse le poids d'une plume.

Nous rentrons. Au bas de l'allée, Jean et Matthieu font brûler les mauvaises herbes. Mon frère me fait un signe de la main. Je lui réponds.

Cette douleur entre les côtes… serait-ce la faim ?

Je décharge mes sacs de courses. Il est midi. Je m'enferme dans la cuisine. Depuis des semaines, j'achète des pommes à croquer, de la salade en sachet, des soupes en brique. Je jette à l'eau des surgelés. J'absorbe du pré-lavé, du pré-coupé, du précuit, du pré-mâché. J'allume la radio, je cherche un rock, un twist, de la salsa ; quelque chose de gai. *Yellow Submarine.* Ça ira.

L'eau chauffe dans le fait-tout, l'huile frémit dans la poêle, le four tiédit. Je range les pâtisseries dans le frigidaire. Un éclair au chocolat pour Louise, un baba au rhum pour Xavier, une tête-de-nègre pour Matthieu. Pour moi, une tarte aux fruits.

Je sors la bouteille de bordeaux. Saint-émilion, grand cru 1998. Fraîche encore sous les doigts. Laisser une demi-heure à température ambiante, selon le caviste. Je cherche des verres à vin, j'attrape des petits ballons sur pied. J'en pose trois en face des assiettes. Je présente l'étiquette. Je trouve le tire-bouchon. Une coupelle d'olives noires, quelques croûtons de tapenade. Xavier Doisnelles est servi.

Je jette les pâtes dans l'eau bouillante, les courgettes en rondelles dans l'ail sauté. Je glisse le poulet rôti sur la grille en me brûlant un peu. Je pose le ciappo sur la table. Une croûte blonde, un pain rectangulaire à la mie onctueuse mêlée d'huile d'olive, encore tiède de sa cuisson. Délicieux sous un crottin de Chavignol. Sauf mauvaise foi, Louise ne démentira pas.

Les courgettes dorent, les *penne* gonflent dans le bouillon. Sous le poulet, le jus éclate en bulles grasses et molles. Je râpe le parmesan, j'ajoute des tomates confites, du basilic. J'en couvrirai les pâtes juste cuites *al dente*. Matthieu mangera en silence, les lèvres orangées de sauce.

C'est mon tour. Une salade mélangée de feuilles rouges, vertes, jaunes, parsemées de roquette, de mozzarella, de poivrons cuits et pelés. Une sauce au vinaigre balsamique, des herbes du jardin. Je pose le saladier sur la table, j'écarte un peu le vase. Je recule de quelques pas. Je regarde l'ensemble. C'est une belle table. J'ouvre la porte de la cuisine. Les parfums s'engouffrent au-dehors.

Je lance dans le couloir :

— À table !

Il est midi.

Je m'assieds, les mains moites. Je grignote une olive. La nausée me reprend. Trop de couleurs, d'odeurs, de matières peut-être ; de goûts. Ça brille comme un papier glacé, un décor sous projecteur. On dirait une photo de magazine. Les pages « Famille ». *La maison du bonheur*, ou quelque chose du genre.

Quelqu'un approche. Matthieu siffle en marchant. Mon cœur bat. Mon frère apparaît sur le seuil, en sueur ; il s'arrête net. Des pas précipités dans l'entrée. Louise bute contre lui. Je me lève en sursaut.

— Eh, Mat', reste pas l… la vache.

Je rougis. L'estomac à l'envers.

— Mazette…

Je m'affaire près de l'évier. Je lave une poêle, une spatule en bois.

— C'est toi qui as fait ça ?

J'acquiesce de loin. Xavier ferme derrière lui la porte de la cuisine.

— Eh ben, les enfants…

Il approche la bouteille de son visage, fait une moue impressionnée.

— Dis donc… qu'est-ce qui se passe, au juste ?

Je me verse un verre d'eau glacée.

— On commence ?

Grincements de chaises. Ils s'assoient, ils attendent.

— Servez-vous. Couverts, tire-bouchon, couteau à pain…

Je passe le plat.

— Bon appétit !

Je pique un morceau de parmesan. Bouteille ouverte, craquement du pain fendu. Ils ne mangent pas ; ils me débusquent.

— Vous n'avez pas faim ?

Bruit de couverts.

— Excellent, ce petit bordeaux… enfin, Laure, pourquoi tout ça ?

Je savais qu'il fallait une raison.

— C'est donc étrange que j'aie cherché à faire plaisir…

— Ce n'est pas ça… c'est juste un peu éton…

Le sang afflue à mes tempes.

— Oui, étonnant. Et je me dis : j'y suis pour quelque chose. Du vin, s'il te plaît. Qu'est-ce que tu as fait ce matin, Matthieu ?

Mon frère s'étouffe un peu, s'éclaircit la gorge.

— La restanque. J'ai désherbé, ajouté de l'engrais…

Il mange une pâte entre le pouce et l'index.

— … c'est tout.

Fourchettes, couteaux contre les assiettes. Bouchées hésitantes, appétits coupables par instants. J'essaie d'avaler. Xavier pose une question au sujet des engrais. Il déroule une liste de conseils à son frère, pose une deuxième question, une troisième. Mon estomac se relâche. Louise se brûle la langue. Elle râle, finit son second verre de vin. Les plats se vident. Un moment le ton monte ; on frôle le débat politique. Matthieu hésite, puis dévie la conversation. Je termine mon assiette. Je débarrasse, soulagée de faire quelque chose.

Je sors les desserts. Quatre mains plongent sans heurts dans la boîte, se frôlent presque, se retirent. Je souris. Un peu de sucre au palais. De douceur. On pose les cuillers. On se laisse aller contre les dossiers. Soupirs.

— Pas mal, ta petite bouffe.

— Merci.

J'allume la machine à café.

— Et… où est-ce qu'on passe Noël, cette année ?

Le café goutte sous le filtre. Louise repousse sa chaise.

— Tu parles de qui, là ?

Je serre les dents.

— De nous.

— Nous quatre ?

Je fixe le liquide sombre. Le verre de la cafetière déforme mon visage.

— Nous quatre, oui. Il va bien falloir le faire exprès, maintenant, de passer Noël ensemble.

Louise fronce les sourcils. Xavier croise ses mains sous le menton. Il étire les lèvres dans une moue triste. Je pense un instant : un sourire de vaincu.

Je pose la cafetière sur la table.

— Attends une seconde, là… d'abord, un vrai petit repas de famille, et maintenant Noël en groupe ? C'est une blague ?!

Je sers le café.

— Réfléchis.

— C'est tout réfléchi !

Je bois.

— Réfléchis encore.

L'impératif dans ma bouche a une saveur étrange. Louise me dévisage, jette un sucre dans sa tasse.

— Je rêve.

Nous débarrassons. On se bouscule un peu aux coins de la table, aux portes des placards. Je frôle ma sœur qui plonge les mains dans la mousse.

— Comment tu disais, déjà ? Ah oui… *Ouvrez la tête.* C'est ça. Ouvre la tête.

Inventaire à la main, nous parcourons chaque pièce, pour constituer quatre lots de valeurs comparables parmi les objets de la maison.

Une pause de temps à autre devant un meuble, un tableau, un bibelot dont je raconte l'histoire lorsque je la connais. On se penche, on se baisse, on n'a jamais regardé de si près les nervures du bois, les jointures, les formes.

Je choisis de garder tout ce qui constitue ma chambre. Le bureau, le lit de fer forgé, ma chaise d'osier tressé, les étagères et la petite armoire. Le piano, qui ne sert plus. Quelques babioles de Maman qui n'ont de valeur que pour moi, et qu'au fond je trouve laides… mais attendrissantes. Louise propose à Xavier qu'il rachète une partie de son lot.

— Pas de place, de toute façon. Il y a une ou deux choses auxquelles je tiens, mais je n'ai que 45 m^2.

En fin d'après-midi, nous nous asseyons autour de la table. Nous démontons la bastide pièce à pièce. Les lots se constituent. Les Aloès devient une maison d'enfance.

Je me penche vers l'écran de Xavier, je fais défiler les quatre listes. *Armoire, table basse, cadre ébène, vase de Biot, seau à charbon, cartons de livres 1 et 2, miroir en pied, bassine cuivre, lot de casseroles, chaises rondes, fauteuil vert, table à couture, bougeoirs argent, tapisserie indienne « au lion », anneau et jonc or blanc, broche « chat », statuette et crèche mexicaines, lampe + abat-jour rose...* Les mots se mêlent, le bois, les toiles, le verre, le fer, l'ancien et le moderne ; la matière étrange, composite, mystérieuse du passé.

— Bon..., conclut mon frère en éteignant l'ordinateur. Il ne reste qu'à appeler le notaire. On devrait pouvoir plier bagage après-demain.

Voilà.

On appelle ça, je crois, une charnière. Un moment, de durée variable où, plus ou moins confusément, la vie bascule. Un accouchement, en quelque sorte. L'accomplissement d'une naissance et, aussitôt, l'appréhension de l'inconnu. Sentir, à l'intérieur de soi, se fondre la fin et le commencement.

L'ordinateur se ferme d'un coup sec.

Il est six ou sept heures du soir. Matthieu regarde au-dehors. Le soir commence à tomber. La buée grignote la vitre, referme sur nous la petite chambre.

— Écarte un peu les bras. Moins… voilà.

Je pique une épingle, une seconde. Je me relève, fais lentement pivoter Matthieu.

— C'est beaucoup mieux. Tu as une ou deux tailles de trop à tous tes vêtements.

Matthieu regarde sa manche, la forme retrouvée de son bras. Il sourit.

— Pas mal.

— On continue ?

— On continue.

Je pince le tissu le long des côtes, de l'aisselle à la hanche. Je sens sous le coton la peau fine de Matthieu, son ossature. Je ne veux pas lui faire mal. J'ajuste à ses courbes la chemise lâche. Je découvre l'étroitesse de sa taille, les muscles de son abdomen, ses hanches saillantes. Nous n'avons jamais été si proches. Mes doigts se meuvent au millimètre, un ongle à travers le tissu suffit à le faire bondir. Les épingles le grattent, il rit un peu, se pique en secouant les abdominaux.

— Ne bouge pas…

— J'essaie…

J'avance prudemment les doigts. Je cherche le corps noyé sous l'étoffe. La silhouette gommée par le vêtement. Je marque le creux de ses reins. Je découvre que nous avons la même cambrure. La cambrure de papa. Un défi pour les couturières.

J'observe le profil de mon frère dans le miroir. Ses bras ouverts, son corps bancal, immobile, ses yeux fouillant la brume blanche par-delà la fenêtre. Il ressemble à papa, les cheveux fous, le regard lointain. On dirait un ange. Je pique le bas de la chemise, j'essaie un arrondi. Les bras de Matthieu descendent à la verticale du sol. Il pourrait s'envoler.

Une ombre passe. Je croise les yeux de Louise dans le miroir. Elle nous observe, debout entre la porte et le mur. Tout pourrait s'arrêter ; mais ma sœur ne cille pas, retenue par mon geste fragile et continu. J'ajoute quelques épingles inutiles, je roule et déroule sans objet le revers du tissu. Louise est entre mes mains.

Les lèvres closes, je fredonne la mélodie, lointaine et familière, d'un chant de Taizé dont je ne sais plus le nom. Réminiscence d'une étouffante semaine de mai il y a onze ans. Je n'avais rien à faire dans ce lieu étrange, dédié à la prière et à l'accueil de chrétiens du monde entier. Mais c'est là que j'allais retrouver mon ami allemand, Bernhard, rencontré un an plus tôt aux portes du Wadi Rum. Le jour, à Taizé, nous parlions dans l'ombre sans fraîcheur des arbres, nous touchions à peine les fades purées de la cantine. Le soir venait, et nous marchions sur les routes de campagne ; je découvrais des cigales dans les blés verts du Mâconnais. Le seul refuge contre la chaleur était l'église : son obscurité adoucie de bougies, son sol en pente douce. Assis par terre, on reprenait, des heures durant, des chants dont je ne comprenais pas un mot – polonais ? tchèque ? portugais ? latin, russe, allemand ? Les langues et les musiques m'étaient toujours étrangères. J'écoutais une même phrase revenir dix, cent fois sur le même thème, infiniment reprise, inchangée. D'abord agacée, je tombais dans l'ennui et dérivais imperceptiblement vers le sommeil. Patiente, la répétition érodait ma résistance. À mon insu, le mouvement circulaire se prolongeait en moi. Sans même y penser, je remuais les lèvres et me joignais aux mantras monotones. J'oubliais tout. J'étais une suite de mots sans contenu. Une habitude. L'absence de temps. Une boucle, d'apparence stérile, dont allait naître un frisson. Une larme inattendue. La perception infime et intense d'un lien entre les autres et moi ; l'amour, peut-être.

Je fredonne. Louise regarde son frère, la silhouette qui se découpe devant la fenêtre, mince et souple, mes doigts qui en dessinent les contours précis. Elle reste. Pour le meilleur, pour le pire. J'imagine le trajet de l'air qu'elle respire et stocke dans ses poumons. Et sous la mélodie, le petit animal sauvage qui s'agace ; ou s'endort.

« Demandez et vous recevrez
Cherchez et vous trouverez
Frappez et l'on vous ouvrira
Car celui qui demande reçoit
Qui cherche trouve
Et on ouvre à qui a frappé. »

Évangile selon saint Matthieu,
7.7-8

Dans les veines de Louise coule une souffrance sans nom.

Je me rappelle son arrivée à la maison, j'avais quatre ans. Une apparition magique, sans passage par le ventre de ma mère. Sans lit d'hôpital. D'où venait-elle ? J'observais son nombril avec horreur ; elle n'était pas née. Je n'osais pas m'approcher, craignant de la toucher. Nos seuls contacts, dès l'enfance, furent des coups de griffes.

Longtemps, c'est ma douleur que j'ai sentie. Je l'ai renvoyée, j'ai fait mal. Pas avec mes poings ; j'étais frêle, Louise était forte. Avec un mot, articulé du bout des lèvres : *orpheline.* Il statufiait Louise comme un mauvais sort. *Orpheline.* Et tout de suite après, me pétrifiait de honte. Ma sœur devenait blanche et se taisait. Elle s'en allait sans bruit, me laissant à moi-même. Je pleurais en secret. C'était trop tard.

À l'adolescence, Louise a détourné sa violence sur la recherche. Livres, films, documents en tout genre, et même un voyage. Elle se jetait dans l'étude, s'enfermait des heures dans sa chambre, exaspérée d'aboutir, en fin de compte, à son point de départ : le Laos. Le Laos, pour moi, c'était comme ma sœur ; une terre étrangère. Je suis partie en Angleterre. Entre nous, ce fut un silence de trêve. Depuis, c'est sa douleur que je vois. Mais je n'y peux rien.

Je pique mes aiguilles, je murmure ma chanson. Je me risque.

— Louise, qu'est-ce que tu en penses ?

Elle ouvre la porte en grand. Matthieu lance un regard affolé vers le miroir. Je maintiens droit son dos.

— Attention, ça va craquer !

Il s'immobilise.

Louise entre dans l'atelier.

— Ça vous dérange si j'allume une clope ?

— Je... aère.

Ma sœur ouvre la fenêtre, s'approche de Matthieu qui retient son souffle, examine les rangées d'épingles.

— Hyper *trendy*, la coupe... ben, mon vieux ! Un vrai look urbain.

— Tu te fous de moi.

— Sans blague, t'es beau comme un prince. Trois gouttes de gel, les cheveux en pétard, et Mat' le *boy's band* va faire un malheur !

Matthieu tend le bras, attrape un coussin...

— Aïe ! Ces épingles...

Il le lance au visage de Louise qui pousse un rugissement. Elle écrase sa cigarette sur le rebord de la fenêtre.

— Alors toi…

Elle renvoie le coussin. Je m'écarte.

— Pause ! Faut m'enlever ça…

J'ouvre les boutons de la chemise, j'aide Matthieu à ôter un bras, puis l'autre.

Derrière moi, les coussins pleuvent de toutes parts. Matthieu et Louise roulent au sol. Je tire la porte, la retiens un instant contre ma paume ; la referme.

Je descends l'escalier, la main sur la rampe. Il me semble que je flotte. Xavier traverse l'entrée.

— C'est réglé. Le notaire vient demain matin. On devrait pouvoir partir mercredi.

— D'accord.

— C'est quoi, ces hurlements ?

— Louise et Matthieu.

Xavier glisse mes cheveux derrière l'oreille. Il secoue la tête.

— Je ne comprends rien aujourd'hui.

Je souris.

6e et 7e jour

Je lève les bras. Ça démange, les épingles. Le plus dérangeant, ce sont ses doigts sur le tissu, comme une caresse. J'essaie de ne rien montrer, je reste immobile. J'ai envie de me gratter. Ses mains me frôlent, je ne vois pas ce qu'elle fait dans mon dos. Je ne sais pas ce qu'elle chante. C'est étrange, et assez joli.

Mes bras tombent irrésistiblement. Xavier est allongé sur le muret, en contrebas. Il garde les mains croisées sous le cou, les jambes tendues. Ses yeux sont fermés. Même ouverts, ils ne me voient pas. Pas plus aujourd'hui qu'hier. Tant pis. On me voit peu en règle générale. Il arrive même qu'on m'oublie. Se souvenant soudain, on me trouve tout près, tranquille, à l'écoute ; exactement où on m'a laissé. Petit, Xavier m'appelait l'« homme invisible », ce qu'il prenait pour une insulte. Et lorsqu'il affrontait Louise au cours de joutes verbales qui m'ont toujours impressionné, son œil me débusquait dans la pénombre. Il se moquait de mes silences. Il m'estimait lâche et indécis. Je trouvais ça injuste. Sincèrement convaincu par l'un puis l'autre, j'étais incapable de prendre parti. Plus encore qu'avoir tort, ce que détestait Xavier, c'était ne pas avoir raison.

Je n'ai pas choisi le camp de Louise. Il s'est imposé depuis l'enfance, naturellement. Louise cherchait un complice. J'étais là. À sept ans, elle a piqué mon doigt et le sien aux feuilles d'aloès, fait sortir deux gouttes de sang carmin et les a mêlées, phalange contre phalange, en un pacte secret qui dure encore. Elle décidait tout. Nos jeux, nos bêtises, nos stratégies vis-à-vis de l'ennemi. Le bien et le mal. Je ne discutais pas. Elle trouvait des réponses à nos questions d'adolescents, et ces réponses me convenaient. Je l'aimais, c'était ainsi.

Les cheveux de Laure m'effleurent quand elle se penche. Un parfum de patchouli. Ses mains me frôlent avec douceur. Douce, depuis toujours. Longtemps elle a dansé enveloppée de grands tutus. Elle avait quelque chose des libellules. Elle nouait de longs rubans à ses cheveux, parlait d'une voix faite pour les secrets, jouait du piano les yeux clos. C'était la réplique physique de Maman, que grâce à elle j'imaginais jeune fille. Louise devinait mon trouble. Un regard suffisait ; je me carapatais. Je n'avais pas peur. Je choisissais moi-même de rentrer dans le rang. J'abdiquais avec confiance, obéissant aux ordres d'une légitime autorité. Et puis, je trouvais flatteur qu'on craigne de me perdre. Ce soir, pourtant, je ne veux renoncer à rien.

En contrebas, Xavier est immobile. Il dort peut-être. La fraîcheur de l'air ne l'atteint pas.

Lutter, je n'en avais pas envie. Mon énergie, je la consacrais entièrement à mes projets d'envol et, plus tard, à mes rêves d'école à Saint-Frioule. J'avais déjà mille fois fait le tour de la terre. En ballon, en delta, ULM, parapente ; sous toutes les ailes, toutes les voiles, même celles de mon imagination. Le reste avait si peu d'importance… La diversité des personnalités Doisnelles, sans cesse comparées les unes aux autres, ne m'étonnait pas. Chacun son rôle. Je pensais, moi, pouvoir rêver et me contenter des fonctions d'aide de camp : c'est ce que je faisais le mieux. J'ai bien tenté plusieurs fois, contre ma nature, de résister aux caprices de ma sœur. Notamment un jour où elle me demandait de ramasser des fruits pourris, pour les glisser entre les draps de Xavier.

— C'est dégueulasse !

— Ça lui apprendra à fouiller dans mes disques…

— Il va se venger.

— Il n'osera pas.

— J'ai pas envie. Vas-y, toi.

C'est à partir de la quatrième réplique que Louise haussait la voix. La crainte que Maman puisse nous entendre, qu'elle éprouve du chagrin, mettait fin en même temps à mes protestations et à ses projets. Nos conflits s'achevaient avant d'avoir commencé. Tout rentrait dans l'ordre.

Demain, j'emmène Xavier à Saint-Frioule. À trente kilomètres d'ici, dans les montagnes où jamais il ne m'a suivi. Sur les hauteurs cachées parmi lesquelles j'existe. Au milieu des cailloux, des garrigues sèches qui cassent sous les semelles. Je vais le faire voler, par-dessus les arbres, les pierres, les maisons toutes petites, devant l'eau qui devient ciel à l'horizon. Là-haut, plus besoin de parler, de vouloir, de penser. Il n'y a qu'à être. On ne peut pas expliquer. Il faudra aussi lui montrer l'école, les sacs de voiles alignés poids par poids sur les étagères, les photos. Je sais ce qu'il a fait pour moi ; c'est Jean qui me l'a dit. Louise ne comprend pas que ça change tout. Je vais le faire voler au-dessus de la vallée Bergère, demain, il verra le torrent jaillir sous les chênes. Je lui dois ça.

La chanson de Laure recommence sans cesse, elle berce Xavier, en dessous, comme elle me berce. C'est une journée étrange. En équilibre. Je voudrais que ça dure. Xavier ouvre les yeux, droit dans les miens. Je cligne des paupières. Il s'assied. De moi, il voit un torse devant la fenêtre, des bras en croix, un menton haut. Il me regarde sans ciller. De Laure il ne voit rien, pas même une mèche de cheveux. Il ne la devine qu'à cette mélodie qu'elle reprend, une épingle dans la bouche. Je ferme les yeux.

— Louise, qu'est-ce que tu en penses ?

Je sursaute, je me pique. La porte claque, j'aperçois Louise dans le miroir. Laure plaque une main contre mon dos.

— Attention, ça va craquer !

Je ne bouge plus.

Louise m'examine de haut en bas, goguenarde. Pas un mot d'elle depuis le dîner au Grenier. Je connais ses rancunes indéchiffrables, ses bouderies silencieuses qui cessent d'un coup, comme elles sont venues ; sans laisser aucune trace. Mais depuis hier soir, Louise bat des records de ténacité. J'aurais peut-être dû téléphoner, au restaurant. Je me suis éclipsé quelques minutes, j'ai décroché le combiné dans les toilettes. La peine de Louise, ce n'est pas supportable. Je m'apprêtais à dire qu'on allait rentrer, que j'aurais aimé qu'elle vienne, n'importe quoi, quelque chose qui rassure ; rien ne venait. J'ai raccroché. Maintenant, Louise me dévisage un sourire en coin. Je m'attends à tout. Xavier a déserté le muret. Je m'agrippe aux formes d'aloès découpées sur le ciel, en contrebas de la pelouse. Noires sur bleu profond, figures échevelées propres à effrayer les enfants.

Ma sœur prend son temps. Elle allume une cigarette, Laure ouvre la fenêtre. Je sais que je suis beau à son air mi-pensif, mi-tendre. Elle prépare une vacherie. Prend son temps.

Voilà.

Je me sens rougir.

Nous évitons la gêne par le jeu. Les mains, les pieds, les muscles nous démangent. J'essaie de dégager un bras de mon corset d'épingles, d'attraper quelque chose. Je lance un coussin au visage de Louise qui pousse un hurlement.

Elle écrase sa cigarette sur le rebord de la fenêtre.

— Alors toi…

Le coussin me revient en pleine poitrine.

— Pause ! Faut m'enlever ça…

Laure me délivre de ma chemise. Louise plante ses yeux dans les miens, la bouche étirée en un sourire sibyllin. Laure quitte la pièce. Je roule sur le matelas, coince ma sœur sous un traversin. Elle se débat en me frappant le ventre, les bras, se met à rire.

— Arrête !

Elle me renverse d'un coup, je me redresse. Les coussins pleuvent, puis quelques flocons de mousse blanche.

— Comment tu as dit ? *Boy's band ??*

— J'ai mieux : recrutable pour *Titanic.*

— *Nha que*[1] *!*

— Minet !

Elle pousse contre mes mains, je pousse aussi. C'est à celui qui s'effondrera sur le lit le premier.

— Femelle…

— Lopette…

Je tombe ; elle bloque mes épaules au sol. Prise classique. Je me rends.

Nous sommes allongés, moi sur le ventre, elle sur le dos, un coussin serré sur la poitrine. Elle regarde le plafond, qui devient bleu.

— Dis, c'est quoi, ces vertiges ?

1. « Paysan », en vietnamien,

— Je ne sais pas. Ce qui me trouble, ce sont les images blanches qui reviennent chaque fois… D'abord c'est agréable ; ensuite c'est irritant. Finalement, ça me fiche la trouille. Le blanc m'empêche de voir. Être *dans le blanc,* comme on peut être *dans le noir.* Perdue. Comment dire…

Et j'éprouve comme elle, sans comprendre, un étrange malaise.

Le soir, nous mangeons les restes du déjeuner. La porte est ouverte sur le jardin, des insectes tournent dans la lumière. Nous nous couchons tôt.

Je bute une nouvelle fois sur ce carton à mon nom, au milieu de la chambre. À l'intérieur, j'ai retrouvé quelques magazines, des lettres d'amour, de vieux dessins sans intérêt ; beaucoup de papier en fin de compte. Ça m'embarrasse plus qu'autre chose, mais qu'en faire ? Le ranger dans un placard, peut-être, pour que d'autres le trouvent un jour, intact ; et le transmettent à leur tour, vaguement superstitieux, sans oser s'en débarrasser. Voilà comment on remplit des greniers. Les décharges publiques sont pleines d'héritages qui, longtemps, n'ont pas trouvé d'issue.

Il y aura une nuit, puis un matin. Ce sera le sixième jour.

Nous attendons le notaire.

Maître Lornier est ponctuel, Xavier affiche un sourire satisfait. Il entre à 9 h 15, salue, et s'assied. Il ouvre son cartable, en tire des papiers, un stylo. Il tousse, boit une gorgée de café.

— Alors… pas de testament, donc.

Xavier énumère les biens de Maman, le notaire pose des questions ; la discussion est longue, des documents s'échangent. Je rêve, je crois que je m'endors.

— Voyons un peu ces lots…

Maître Lornier parcourt la liste imprimée, secoue la tête.

— Vous oubliez quelque chose.

Il boit son café à petites gorgées, pose la tasse sur la soucoupe. Plie ses lunettes.

— Que faites-vous de la maison ?

Nos regards glissent les uns sur les autres. Xavier se redresse.

— Nous allons la mettre en vente.

— Vraiment ?

Le notaire soupire.

— Je comprends, je comprends... quel dommage, quand même... enfin, c'est assez lourd à gérer, n'est-ce pas ?

— C'est ça, lourd, oui.

Xavier ajoute pour lui-même :

— Nous verrons... plus tard. Je ferai peut-être une offre.

— Bien.

On signe, on se lève, on se serre la main. C'est terminé. Si vite. On a beau essayer de ne pas s'attacher, de raisonner – *les choses matérielles n'ont aucune importance* – c'est troublant.

Le notaire s'en va, les documents bien rangés dans son cartable. Du papier encore. Voilà.

Xavier a dit oui. Depuis, il se tait. C'est bien ainsi. Il a l'habitude du bruit, moi du silence. Nous partons en milieu d'après-midi, après un déjeuner et un rangement rapides de la maison. Dès demain, nous rentrons chacun chez nous.

Je conduis la voiture de Laure. La route grimpe en lacets étroits jusqu'à Coulènes, village perché sur un nid d'aigle au-dessus de la plaine. Depuis là-haut, on voit la baie des Anges, et par beau temps, la mer. Parfois même, à l'aube, un mirage de la Corse. Nous croisons deux voitures, des Allemands en promenade. Nous plongeons dans la vallée, par le versant opposé, et remontons à flanc de coteau. La route sillonne parmi les grands arbres, sous l'ombre encore verte du début d'automne. Le moteur ne peut couvrir le bruit des cascades, un murmure venu du dessous de la terre. La femme que j'aime ne peut avoir une autre voix que celle claire, joueuse, mouillée, du torrent au bas de la montagne. Avec l'altitude nous quittons les feuillus, les tiges roses penchées sur le bord de route. La montagne pèle, et peu à peu on se défait de tout. Bientôt, c'est entre le ciel et nous, directement. L'été, on cuit sous le soleil. L'hiver, on superpose les couches de laine. La ville est loin, le monde de mon frère. Ce soir, l'air est frais, on bascule d'une saison à l'autre. C'est juste bien.

À cette heure, plus de thermiques. Ils fondent avec la lumière. Le ciel est clair. Le vent d'ouest souffle un peu, mais il ne nous empêchera pas de voler. Les moutons de Cipières paissent en bord de route, le seul troupeau restant du village de bergers. Il y a des lieux, comme ça, où le temps se pose. J'y suis bien.

Nous arrivons à Saint-Frioule. Je gare la voiture sur le parking de l'école.

— On prend le 4 × 4.

Xavier claque la porte, le bruit résonne dans le silence. Il n'y a qu'un Parisien pour claquer la porte comme ça. Il ferme son blouson et monte dans la vieille Range Rover. Je démarre, me faufile à travers les rues minuscules. Xavier s'accroche à la poignée de porte.

— Ça doit faire vingt ans que je ne suis pas venu ici...

Je m'arrête sur la place du village.

— Hé, Duval !

Mon ami penche la tête par la fenêtre, pose sa main en visière, ébloui.

— C'est moi. Je monte au San Mario, tu peux redescendre la Range ?

— OK, j'arrive.

François, il est né ici. Maçon à ses heures, serveur de bar. On lui a appris à faire sa besogne, à ne pas déranger. Il est gentil. Drôle, quand il a bu une bonne bouteille. Le reste du temps, il remue à peine. Tout au plus siffle-t-il un peu entre ses dents, comme aujourd'hui.

Le clocher sonne quatre heures. Le cou enfoui dans le col, Xavier fait les cent pas. Des enfants jouent dans une cour, un tube de Johnny Hallyday s'échappe d'une fenêtre ouverte.

— Salut, vieux.

— Salut, François.

Xavier fait un signe de tête.

Un kilomètre après la sortie du village, je passe en vitesses courtes. Le chemin caillouteux suit la courbure de la montagne, raide, nu, suspendu à plus de trois cents mètres au-dessus du vide. À ma droite, Xavier se serre contre le frein à main.

— C'est profond, dis donc.

— On monte à six cents. Tu veux conduire ?

— Moi ?

Je repasse en première, je lève les mains du volant. Le 4 × 4 plonge dans une ornière, bringuebale de gauche à droite, se redresse et poursuit son chemin.

— Tu vois, c'est facile. Presque rien à faire.

— Non non… merci.

C'est ici que Louise aime prendre ma place. La descente est vertigineuse et le chemin remonte d'un coup traversant, le matin, des pans de brumes persistantes pour s'élever jusqu'au San Mario. Louise passe les quatre vitesses sur cinquante mètres, les cailloux sautent dans le vide sur son passage ; elle soulève un nuage de poussière rouge. Elle rit de me faire un peu peur.

Nous empruntons les derniers lacets, courbés en épingles à cheveux, en marches arrière-marches avant successives. Je coupe le moteur. Xavier pousse un soupir, détache sa ceinture. Il descend, s'emplit d'air, fait craquer les articulations de ses mains. Je regarde le ciel.

— On a de la chance, avec le vent.

J'ouvre le coffre.

— Tiens, mets ça sur le dos.

Je prends la voile.

— On va où ?

— Par là.

Le minuscule sentier serpente à travers les touffes de sarriette. Nous montons, le soleil descend. Nous approchons de la pente de décollage, un terrain pelé surplombant la vallée. Je pose mon sac. La vue sur le village est magnifique. Rien que des toits, et le clocher par-dessus.

Je déplie la voile, et les cellules du bord d'attaque se défroissent en gonflant.

— C'est le temps idéal.

Je soulève les suspentes multicolores. Je les glisse en peigne entre mes doigts, je remonte jusqu'à la voile.

— C'est résistant, je suppose ?

— Ça porte au moins dix fois ton poids.

Je dégage les freins. La voile se déploie en éventail sur les cailloux, comme la coquille des Saint-Jacques. J'attache Xavier. Je passe mes bras dans les sangles de la sellette. Je nous accroche ensemble. Serrés. Pressés l'un contre l'autre. Le biplace est une bête siamoise. Elle prend sous les cuisses, soude les bassins, comprime les muscles en bloc compact. Xavier glisse les doigts sous le harnais, cherche à détendre son emprise.

— Bon… Tu restes face à la pente, même si ça tire en sens contraire. Ne te retourne pas vers moi, et cours quand je te le dirai. Tu ne t'assois qu'en vol, en montant les genoux sans brusquer. Compris ?

— C'est bon.

— Arrête, avec le harnais.

Je fais face à la voile, je recule ; elle monte, blanche sur bleu, parfaitement arrondie à la verticale de ma tête.

— Ça me scie…

— Ça te contient.

Le corps musclé de mon frère tord les mousquetons contre ma cuisse, il m'attire vers lui. Je freine, la voile s'immobilise un instant.

— Cours !

Xavier reste immobile. La voile se cambre lentement vers l'avant. Je freine davantage.

— Allez !!!

Je fais deux pas, tiré par mon frère ; nous décollons. Je remonte les mains. Xavier pédale dans le vide. Nous sommes suspendus dans les airs, grains de poussière virevoltant, légers, légers. Xavier pousse un cri énorme.

— Ça va ?

— Bon Dieu… oui, ça va.

Il rit, essoufflé.

« Vues des quinze cents mètres d'altitude où il évoluait, les barques de pêche n'étaient que des copeaux de bois posés sur l'eau plate et bleue, et le vol des goélands en quête du petit déjeuner qu'un tourbillon de poussière dans un rayon de soleil. »

Richard Bach,
Jonathan Livingston le goéland

— Tu peux t'asseoir.

Derrière les collines, les îles de Lérins sont posées sur la mer. Face à nous, de l'autre côté de la vallée, le village de Cipières ; son gros château carré qui nous sert de boussole, son défilé de maisons étroites, plantées sur le bord du ravin comme une rangée de dents prêtes à mordre le ciel. L'air est frais, scintillant. Le paysage semble peint sur du satin. Je tire à gauche, à peine. Cela suffit, la voile penche. Gestes infimes, ébauches. Le vol est une discipline tout impressionniste ; de petites touches. Nous suivons le cours du torrent. J'aime glisser, un coup vers la droite, un coup vers la gauche. M'enrouler dans l'air, longtemps, à la manière d'un ruban de gymnaste.

— Tu veux piloter ?

— Quoi ?

— Pose tes mains sur les miennes.

Les doigts crispés se relâchent.

— Tire à droite. Doucement. Tourne la tête dans la direction, penche le poids du corps… voilà.

La lumière est douce. Les moutons traversent la route, en bas. On survole la ligne des platanes, à l'entrée du village.

— À gauche, 90 degrés... maintenant redresse.

Nous passons par-dessus l'école. Des enfants jouent sur les toboggans. Je reprends les commandes. Deux virages encore, nous sommes trop haut. Je freine, brise de face.

— Mets-toi debout. Attention les chevilles...

Le terrain est irrégulier, semé de petites cuvettes et de gros cailloux. Nous touchons la terre. Léger choc sous les semelles.

Nous retrouvons la pesanteur.

La voile tombe derrière nous.

— Ça t'a plu ?

Xavier ôte son casque.

— Pas mal.

La lumière est rasante. Ma préférée. Elle frôle les tiges d'herbes trop hautes sans toucher le sol, il y a comme une soie vert tendre tendue autour de nous. Je nous détache. Le froid traverse mes vêtements. J'enroule les suspentes, je porte la voile en boule sur l'épaule jusqu'en haut de la pente. Le 4 × 4 est garé devant l'école. François est déjà parti. La clé doit être dans le tronc d'arbre.

Je plie la voile.

— Tiens, aide-moi. Tu rabats un caisson sur deux. Après, on fera sortir l'air.

Je ferme les sacs.

— J'ai de la bière au frigo. Un apéro avant de repartir ?

— D'accord.

J'ouvre les volets de ma petite maison.

— Je te laisse regarder…

Deux verres, deux Heineken fraîches. Xavier promène ses yeux du sol au plafond, tourne sur lui-même.

— Vas-y, monte ! La salle de bains est au fond.

Je sors deux chaises, une petite table. Ça me plaît, le bruit des capsules qui sautent, la mousse qui pétille. Je nous sers, je m'assieds. Le soleil se couche face à nous.

— C'est… tranquille, ici.

— Oui.

Xavier hésite, tire la chaise.

— Ça ne te pèse jamais ?

— Et toi ? Paris, les avions… tu n'en as pas assez ?

Xavier boit une gorgée de bière.

— Si. Parfois.

Nous regardons le soleil disparaître derrière la montagne. Il commence à faire froid. Nous partons.

Il fait nuit lorsque nous arrivons. Sur la table du jardin, un bol d'olives presque vide et deux verres où un reste de glace, lentement, est en train de fondre.

Nous dînons tous chez Mariette et Jean. On a débouché une bouteille. Très vite, Louise a dit que nous vendions la maison. Jean a reçu la nouvelle sans mot dire, visiblement peu surpris. Il a continué à boire son vin, sans hâte. Hier après-midi, alors que nous étions au jardin, il a regardé de loin Les Aloès, le front luisant de sueur, et il a dit :

— Ça peut pas survivre à ta mère. C'est peut-être la dernière fois qu'on le désherbe ensemble, ce terrain.

Mariette, elle, a fondu en larmes. Elle est allée se cacher un moment dans la salle de bains, est revenue les yeux rouges, avec un grand mouchoir dans la main. Elle renifle discrètement, le dos tourné, en remuant les casseroles.

— À qui vous allez vendre ? demande Jean en allumant sa pipe.

Je remarque le tremblement de ses doigts. Personne ne répond.

— Pas facile à caser, une baraque pareille. Ou alors, il faut brader. C'est compliqué.

Il souffle un nuage bleu. Mariette se mouche.

Jean s'appuie tant bien que mal sur le guéridon, se lève, un peu chancelant, lèvres pincées. Vieux, tout à coup.

— Allez, à table.

Trouée de grands silences, la conversation s'anime par instants, jusqu'au dessert. Mariette coupe de grosses parts de gâteau au chocolat. Elle dit, sans lever les yeux :

— De toute façon, vous reviendrez. La maison est ouverte.

Nous approuvons mécaniquement, en avalant le moelleux qui fond dans nos bouches.

Mercredi matin. C'était notre dernière nuit. Voici le septième jour. Il est environ dix heures.

Les bagages sont bouclés, les volets fermés. Nous sommes assis tous les quatre sur le muret qui fait face à la mer, les jambes ballantes, nous demandant peut-être si c'est la dernière fois. Peut-être tristes ou, simplement, désorientés. Louise fume, la tête renversée vers le ciel. Xavier, les poings enfoncés dans les poches, scrute l'horizon. Laure caresse Minette, roulée en boule à ses côtés.

Sans se concerter, chacun a préparé ses affaires, défait les draps de son lit et tiré les rideaux avant le petit déjeuner. Le café avalé, la cuisine mise en ordre, aucun de nous n'est remonté à l'étage. On a coupé le gaz et l'électricité, sorti les sacs devant la maison. Fermé à clé. Étiré l'épilogue dans le silence du jardin.

J'aperçois un homme vêtu de noir au bout de l'allée. Il marche vers nous, découpé dans la lumière jaune. Chapeau noir, mallette noire, souliers noirs. Sec comme une mauvaise nouvelle. Il s'approche jusqu'au muret. Dans sa main, il tient un livre épais.

— Bonjour, messieurs dames. Connaissez-vous la Bible ?

Un Témoin de Jéhovah.

— Désolés, nous ne sommes pas intéressés.

— Peut-être puis-je vous l'offrir ?

— Non… merci. Laissez-nous, s'il vous plaît.

— Accordez-moi une minute, supplie-t-il, j'ai quelque chose d'extraordinaire à vous faire découvrir…

— Moi aussi ! hurle Louise.

Et sautant devant l'homme en noir, elle soulève son pull et lui offre ses seins. L'homme se fige, effaré. Les seins miel de ma sœur, la pâleur de l'illuminé. C'est irrésistible. Nous éclatons de rire. Il s'enfuit à toutes jambes.

Prologue

C'est Laure qui donne le départ. Elle dit :

— La route est longue…

Ils montent en voiture.

Derrière eux, Mariette et Jean agitent la main ; ils ne les voient pas. Aucun ne se retourne pour saluer la maison qui s'éloigne. L'allée descendue, les cyprès dépassés, Laure freine, ouvre les fenêtres, et pousse à fond le volume de l'autoradio. Elle roule à toute berzingue jusqu'à Fontaines, cheveux au vent, éblouie de soleil, parmi les envolées sonores de Mylène Farmer.

Ils s'arrêtent devant le cimetière. Laure pousse la grille, et marche à petits pas. De part et d'autre de l'allée, le soleil cogne les pierres sombres, le marbre poli, traverse les petits caveaux sculptés. Profusion de fleurs multicolores, épitaphes vernies peintes sur la terre cuite, cadres jaunis où se sont figés nos sourires de défunts. L'allée s'enfonce dans l'ombre de cyprès géants.

Voici ma tombe. Cinq dalles de terre rose, posées en croix à même le sol. Tout autour, le trèfle a poussé en mousse verte, encore pleine de rosée à cette heure. Laure glisse sa main sous celle de Matthieu, abaisse sur ses yeux les lunettes de soleil. Derrière eux, les pas de Louise et Xavier.

— Bonjour ! lance une vieille dame en passant, un bouquet de fleurs jaunes sous le bras. Quel temps magnifique, n'est-ce pas ?

Ils restent là un moment, silencieux. Le vent souffle la poussière, et détache sur la dalle les mots gravés par Jean :

« mater amabilis
ora pro nobis

mère digne d'être aimée
priez pour nous »

Louise frissonne, se mord la lèvre.

— On y va ?

Ils s'éloignent face au soleil.

Leurs ombres s'étirent, se rapprochent.

Se touchent.

DU MÊME AUTEUR

Aux Éditions Gallimard

DES CORPS EN SILENCE, *2010 (Folio n° 5281)*

QUI TOUCHE À MON CORPS JE LE TUE, *2008 (Folio n° 5003)*

L'ÉCHAPPÉE, *2007 (Folio n° 4776)*

PETIT ÉLOGE DES GRANDES VILLES, *2007 (Folio 2 € n° 4620)*

L'ANTILOPE BLANCHE, *2005 (Folio n° 4585)*

SEPT JOURS, *2003 (Folio n° 5983)*

LA NOTE SENSIBLE, *2002 (Folio n° 4029), prix du Premier Roman de l'Université d'Artois 2003, prix Méditerranée des Jeunes 2003, prix René-Fallet 2003*

Aux Éditions Gallimard Jeunesse

MANUELO DE LA PLAINE, *2007 (« Folio Junior »)*

VA Y AVOIR DU SPORT !, *ouvrage collectif, 2006 (« Scripto »)*

DE L'EAU DE-CI DE-LÀ, *ouvrage collectif, 2005 (« Scripto »)*

BONNES VACANCES *!, ouvrage collectif, 2004 (« Scripto »)*

Aux Éditions Autrement Jeunesse

LES DEUX VIES DE NING : DE LA CHINE À PARIS-BELLEVILLE, *avec Philippe De Kemmeter, 2013 (« Français d'ailleurs »)*

LYUBA OU LA TÊTE DANS LES ÉTOILES : LES ROMS, DE LA ROUMANIE À L'ÎLE-DE-FRANCE, *avec Ronan Badel, 2012 (« Français d'ailleurs »)*

ANTONIO OU LA RÉSISTANCE, DE L'ESPAGNE À LA RÉGION TOULOUSAINE, *2011 (« Français d'ailleurs »)*

ANOUCHE OU LA FIN DE L'ERRANCE, DE L'ARMÉNIE À LA VALLÉE DU RHÔNE, *2010 (« Français d'ailleurs »)*

JOAO OU L'ANNÉE DES RÉVOLUTIONS, DU PORTUGAL À CHAMPIGNY, *2010 (« Français d'ailleurs »)*

CHAÏMA OU LES SOUVENIRS D'HASSAN, DU MAROC À MARSEILLE, *2009 (« Français d'ailleurs »)*

THIEN AN OU LA GRANDE TRAVERSÉE, DU VIETNAM À PARIS XIII, *2009 (« Français d'ailleurs »)*

LE SECRET D'ANGELICA, DE L'ITALIE AUX FERMES DU SUD-OUEST, *2008 (« Français d'ailleurs »)*

ADAMA OU LA VIE EN 3D, DU MALI À SAINT-DENIS, *2008 (« Français d'ailleurs »)*

LE RÊVE DE JACEK, DE LA POLOGNE AUX CORONS DU NORD, *2007, (« Français d'ailleurs »)*

LE CAHIER DE LEÏLA, DE L'ALGÉRIE À BILLANCOURT, *2007 (« Français d'ailleurs »)*

Chez d'autres éditeurs

LE GRAND MENSONGE DE LA FAMILLE POMMEROL, *T. Magnier, 2015*

BAUMES, *Actes Sud, 2014*

LA PORTE ROUGE, *T. Magnier, 2013*

KINDERZIMMER, *Actes Sud, 2013, prix des Libraires 2014 et prix littéraire 2015 des Lycéens et des Apprentis de la région Provence-Alpes-Côte d'Azur.*

UNE PREUVE D'AMOUR, *T. Magnier, 2013*

LE MYSTÈRE DE HAWA'A, *avec Fx Goby, Albin Michel, 2012 (« Jeunesse »)*

LE VOYAGE IMMOBILE, *Actes Sud, 2012 (« Junior »)*

BANQUISES, *Albin Michel, 2011*

MÉDUSES, *Jérôme Million, 2010*

Composition Nord Compo
Impression Novoprint
à Barcelone , le 14 août 2015
Dépôt légal : août 2015

ISBN 978-2-07-046574-3./Imprimé en Espagne.

287026